行政院大陸委員會策劃
中國古典文學研究會主編

大陸地區中國古典文學研究

臺灣學生書局印行

大陸地區中國古典文學研究

中國古典文學研究會主編

行政院大陸委員會補助

臺灣學生書局印行

前言

龔鵬程

自從五四運動之後，中國文學史被區分成兩個部份：五四運動以前之文學，泛稱爲古典文學或傳統文學；五四運動文學革命之後的文學，則稱爲新文學或現代文學等。故古典文學之創作，漸漸不受重視，或不被承認爲是當代的文學寫作成品。屬於時代的文學創作活動，只由新文學負責。「古典文學」僅做爲一研究對象。

這個因文體變遷而導致的文學時代區隔，固然不甚合理。然而，近七十年來，古典文學研究，確實即是在此一歷史脈絡中發展起來的。

因此，所謂古典文學，具有歷史的古蹟意味，被稱爲「文學遺產」，可供吾人研究之。其中若有值得珍愛之價值，則應繼承與發揚於新文學之創作中。

在學術領域上，海峽兩岸對待古典文學，基本上均是依循此一脈絡。但是，古典文學作爲一民族之文化積存，必不可能僅具古蹟意義，它對現實之人生與社會仍有鮮活之生命力，能夠從意識上凝聚一民族之文化共同性，所以，它在國民教育的內容中，勢須佔有極重的份量。同時，由於要繼承與發揚古典文學，則何者方爲古典文學值得繼承與發揚者，何者理應芟棄、視如糟粕，亦當愼予探究。這種探究，自然又得追問今人需要何種價值，古典文學能否提供此一價值。此即成爲「古爲今用」之問題了。

這些問題，都是學術上順著歷史脈絡發展出來的。但主政者往往運用了學術。在教育上，由於深知古典文學具有凝攝民族文化共同性之功能，所以主政者便不難利用古典文學來遂行其加強國民愛國意識、培養民族情操之目的。在古爲今用之問題上，也不免藉今日之政治需要，來要求古典文學適切今用。如此一來，文學研究的主體性，乃逐漸喪失，成爲政權之一種工具了。

不幸此一趨勢，海峽兩岸均不能免。但臺灣之政治與社會發展，畢竟仍能保障學術研究之相對自主性。大陸的情形，則較爲悲慘。文革結束以前，古典文學研究幾乎完全受政治所宰制，卽中共本身回顧其歷史，對此亦深感遺憾。

文革以後，情況頗有了一些改善。隔海相望，觀其氣象，亦不免欣然爲學術研究終能回歸於其主體性而喜。但臺灣的古典文學研究界，由於長期之睽隔，對於大陸古典文學研究發展之歷程與現況，實在還是缺乏了解的。中國古典文學研究會旣專力推廣古典文學之研究，自有義務針對大陸的古典文學研究，展開討論，俾使研究者知所借鑑、愼所選擇。因此，値茲兩岸文敎交流正式開展之際，與行政院大陸委員會合作，舉辦「大陸地區中國古典文學研究」學術研討會，並編輯本論文。

本編凡收論文六篇，座談記錄一份。對當前大陸古典文學之研究，固屬管窺一斑而已，但提醒研究者了解大陸之現況，反省兩岸古典文學研究之問題，應仍有參考之價值，觀者幸垂意焉。

中華民國八十年八月

大陸地區中國古典文學研究　目錄

大陸當前「文獻學」著作的類型及其得失

周彥文
淡江大學中文系副教授

一、前言

根據中共國家標準局所頒布的標準定義，所謂「文獻」，是指「記錄有知識的一切載體」❶。這樣的定義，使得由古至今一切有文字的記載體幾乎都被囊括進去了。從殷商的甲骨，到近代的一切紙面資料，甚至「非書資料」如影帶、微捲等，都可稱爲文獻。

在傳統國學中凡提到文獻，最被廣泛引用的典籍一是《論語・八佾》中孔子所云：

> 夏禮吾能言之，杞不足徵也；殷禮吾能言之，宋不足徵也；文獻不足故也。足，則吾能徵之矣！

朱熹《四書章句集注》中釋「文」爲典籍，「獻」爲賢——也就是耆舊們的口述歷史和評議等。

另一項常被引用到的資料則爲《文獻通考·總序》：

> 凡敍事，則本之經史，而參之以歷代會要，以及百家傳記之書。信而有徵者從之，乖異傳疑者不錄，所謂文也。凡論事，則先取當時臣僚之奏疏，次及近代諸儒之評論，以至名流之燕談，稗官之記錄，凡一話一言，可以訂典故之得失，證史傳之是非者，則采而錄之，所謂獻也。

馬端臨和朱熹的說法，方向是一致的，只不過馬端臨更進一步具體而翔實的指出「文」指客觀的敍事資料，「獻」則爲主觀的論事資料。

朱熹及馬端臨的看法，都具有一個共同的特性，那就是在基本認定上，他們認爲文與獻是分開的，不可混爲一談的。因此馬端臨撰《文獻通考》的體例，凡是引用到歷代學者的言論，也就是所謂的「獻」的部份，都比引用「文」的資料低一格書寫。

可是由中共國家標準局所頒布的「文獻」的定義，配合當前大陸學者所出版的文獻學專著來看，這種「文」與「獻」的分界早已不存在了。「文獻」變成了一個專有名詞，泛指中國歷代的一切典籍，如經史子集諸書；以及其他紙面資料，如地圖、檔案等。

大陸學者對「文獻」及「文獻學」所下的定義雖各不相同，但大陸上研究國學的學者卻共同釐淸兩項原則：一是中共國家標準局所頒布的定義，包含了現代各種科技化的傳播媒體，而大陸當前所討論的「文獻」，卻只限於傳統的典籍資料。所以大陸學者或在著作內用

「古代文獻」、「傳統文獻」來限定他們討論的範圍，甚至或以「古典文獻學」爲書名，以表明討論內容不涉及現代傳播媒體❷。

另外一項，則是「文獻」與「器物」的分野。最具代表性的論述，是張舜徽《中國文獻學》緒論中所說的：

> 近人却把具有歷史價值的古跡、古物、模型、繪畫，概稱為歷史文獻，這便推廣了它的含義和範圍，和「文獻」二字的原意是不相符合的。當然，古代實物上載有文字的，如龜甲、金石上面的刻辭，竹簡、繒帛上面的文字，便是古代的書籍，是研究、整理歷史文獻的重要內容，必須加以重視。至於地下發現了遠古人類的頭蓋骨或牙齒，那是古生物學的研究範圍；在某一墓葬中出土了大批沒有文字的陶器、銅器、漆器等實物，有必要考明其形製、時代和手工藝的發展情況，那是古器物學的研究範圍。這些都是考古學家的職志，和文獻學自然是有區別的。

也就是說，要有文字，才是「文獻」的基本條件，其他器物即令其本身具有呈現史料的意義，但只要沒有文字，均不屬「文獻」。

儘管已排除了近代科技化的傳播媒體以及古器物，「文獻」的範圍仍是十分廣泛。這門新興的學科，遂在範圍太過龐雜的情況下，呈現出多樣性、多元化的研究成果。

二、近代第一部「文獻學」論著的特性

近代第一部以「文獻學」爲名的研究專著，爲鄭鶴聲、鄭鶴春合著的《中國文獻學概要》，撰成於一九二八年底③。全書除導言外，依序分成結集、審訂、講習、翻譯、編纂、刻印六部份。據書首「例言」，知作者採用馬端臨對「文獻」的解釋而略加變化，以結集、翻譯、編纂稱爲「文」，以審訂、講習、刻印稱爲「獻」。例言內又說原有私家藏書一章，因篇幅太多而別行爲一書。作者並未言明私家藏書是屬於那一類，不過既以官府結集圖書屬於「文」，那麼私家藏書亦應屬於「文」。

此書雖然聲稱分文、獻兩類，但全書在排列次第上並未以此來劃分。而作者所稱的「文」，其中〈結集〉都在敍述官府聚書的經過，以及史志書目、官修書目內所載當時典籍的數量。〈翻譯〉談論的是佛經翻譯和明末以來科技書刊的翻譯和著述，如利瑪竇所譯《幾何學》、艾儒略所撰《職方外紀》，以至清末梁啓超撰《西學書目表》中所列諸譯書。〈編纂〉則敍述《永樂大典》、《古今圖書集成》、《四庫全書》、《四部叢刊》的編纂過程及內容等。作者所稱的「獻」，其中〈審訂〉談孔子、劉向，及乾隆開四庫館整理圖籍之經過；〈講習〉談歷代學術大要，如兩漢及南北朝的經學、隋唐佛學、兩宋理學、明儒心學，及清儒的總整理等；〈刻印〉則是一章簡單的印刷史。

綜觀全書，作者所謂「文」的各章中，並未排除「獻」的資料；「獻」的部份也包含了大量的「文」。因此，作者雖然引稱馬端臨的說法，事實上卻與馬端臨的定義大相逕庭。與其說此書是照「文」、「獻」來分類，倒不如說是依照歷代典籍的整理方法來分類，這和馬端臨原始所謂「文」、「獻」，是按典籍來源及產生方法的不同來分立，是大異其趣的。進一步說，此書事實上已將「文」、「獻」兩字合而爲一，籠統地討論中國歷代所有典籍的結集、整理和傳播情形。

是以近代「文獻學」甫成立之初，卽已將「文獻」變成一個不可分割的集合名詞來看待，而不再去考慮「文」與「獻」之間的定義及其來源上的差異。「文獻學」因之變成一門完全新與的學科，研究旨趣指向了中國古代學者如何整理各種古籍，以及如何傳播等方面。

我們無法認定後來大陸上的學者在撰寫「文獻學」時是否有受到此書的影響，但至少此書打破「文」與「獻」的界限，開創出一條專門研究古籍整理的新路徑的特點，是不容忽視的。

三、大陸當前以研究方法為主體的文獻學著作

我們若以取材的旨趣來分類的話，大陸當前「文獻學」專著中最特殊的一類，就是認定文獻學所該討論的，應該是研究文獻的方法。這一類的著作有：

1.《文獻學講義》，王欣夫撰。書首有一九八二年十一月徐鵬撰〈前言〉，一九八六年二月上海古籍出版社出版。

2.《中國古典文獻學》，四川師院學報編輯部、四川師院古代文學研究所合編。書首有一九八四年十一月〈編者的話〉，一九八五年三月四川師院學報編輯部出版，列入《四川師院學報叢刊》第一輯。本書主要撰稿人爲屈守元先生。次有常思春、羅煥章等。

3.《古典文獻學》，羅孟禎撰。書首有一九八八年三月羅氏自序，一九八九年六月重慶出版社出版❹。

所謂「研究文獻的方法」，上述三位學者都不約而同地一起指向目錄學、版本學、校讎學。所以上述三部著作，除去一些附加性的篇章外，每部書都可說是由一部簡明目錄學、一部簡明版本學，和一部簡明校讎學組合而成❺。

王欣夫《文獻學講義》內稱：「凡是歷史性的材料都稱之曰文獻。」他認爲馬端臨《文獻通考》內的二十四門類，都可屬於文獻學，因此，文獻學的範圍極廣。然而，「既稱爲文獻學，就必須名副其實，至少要掌握怎樣來認識、運用、處理、接受文獻的方法」，這個方法，王欣夫先生認爲就是目錄、版本、校讎。而且「這三個內容本來是三位一體的，不應該分什麼先後」❻。

羅孟禎先生則認爲：

> 標點、注釋、翻譯、流通、管理、保藏、修繕，還有辨僞書、輯佚書，這些都是古典文獻學應有的內容。但是，目錄學、版本學、校勘學，則是古典文獻學不可或缺的主體部份。本書所論述，首重在此。❼

撰寫這一類著作的學者，其實也並未將文獻學的範圍只認定在目錄、版本、校讎上。只是王欣夫先生認爲「廣義的文獻學」——即前文所引述的一切「歷史性的材料」及馬端臨所立的二十四個門類，範圍已廣到「無法在課堂上講授」，因此就先掌握研究文獻的方法——目錄、版本、校讎。而羅孟禎先生則以此三者爲應該「首重」的文獻學的「主體部份」。

這樣子的觀點和撰寫方式，至少引發了幾個值得我們注意的問題：

第一，研究方法和學科本身，應是不同的範疇，不可混爲一談。這是一個很簡單的觀念，毋庸贅言。

第二，目錄、版本和校讎各是一門獨立的學科，是否可以將之視爲研究文獻學的「方法」？舉例來說：我們可以經由歷代書目之間的對比，知道某些學科源於何時，盛於何時，式微於何時❽，這是經由對比的方法去處理書目，所能產生的研究成果。這種對比書目的工作是「方法」，卻不是「目錄學」。所以，目錄、版本、校讎本身就是一門學科，怎可視爲「方法」呢？最多，我們只能說目錄、版本、校讎是研究文獻學的基礎學科，我們可以用目錄、版本和校讎學的知識，去對古代典籍的類型、興衰、闡釋，和發展方向等做進一步的研究，但不可以說它們是「研究方法」。

第三，僅將目錄、版本、校讎視爲研究文獻學的基礎學科，範圍似乎太狹窄了些。例如我們在探討讖緯類著作爲何在東漢以來逐漸增多，爲何六朝時族譜類的典籍大盛，這都要牽涉到政治史、文化史、學術史等方面，才能求得一個較完整的解釋。這些問題，不是單純的目錄、版本、校讎就能解決的。

所以，單獨標舉目錄、版本、校讎來撰寫，並且名之爲「文獻學」，事實上是不盡合理的。在沒有釐清「文獻學」到底該以那些內容爲研究範圍，在沒有爲「文獻學」下一清晰明確的定義以前，這樣的撰寫方式，對這門新興學科的進展並無幫助❾。

四、綜論古代典籍的文獻學著作

能夠將目錄、版本、校讎視爲基礎學科，並深入廣泛討論我國古代典籍的書，就眼前所知，至少有二部：

1.《中國古典文獻學》，吳楓撰。書首冠一九八一年二月作者撰〈前言〉，一九八二年十月齊魯書社出版[10]。

2.《中國文獻學》，張舜徽撰。書首冠一九八一年二月作者撰〈前言〉，一九八二年中州書畫社出版[11]。

爲便於討論，現將吳、張二書篇章大致羅列於下：

吳楓《中國古典文獻學》：

一、古典文獻導論：談文獻之聚、散等。

二、古典文獻的源流與分類：談文獻的產生，甲骨、金文、簡牘與帛書，寫本與雕版古籍，及古籍分類。

三、古典文獻的類別與體式：下分文體、注釋、體式三部分。

四、四部書的構成及其演變：分經、史、子、集來討論。

五、類書、叢書與輯佚書。

六、文獻目錄與解題。

七、版本、校勘與辨僞。

八、古典文獻的收藏與閱讀：談藏書家、藏書方法及校讀方法等。

張舜徽《中國文獻學》：

一、緒論：談記錄古代文獻的材料如甲骨、金石、竹木、縑帛和紙，以及古代文獻散亡的情形。

二、古代文獻的基本情況：分別討論著作、編述、鈔纂三者的區別。

三、整理古代文獻的基礎知識之一——版本。

四、整理古代文獻的基礎知識之二——校勘。

五、整理古代文獻的基礎知識之三——目錄。

六、前人整理文獻的具體工作：以下分鈔寫、注解、翻譯、考證、辨僞、輯佚六章。

七、前人整理文獻的豐碩成果：以下分修通史、纂方志、繪地圖、製圖表、編字典、輯叢書六章。

八、歷代校讎學家整理文獻的業績：討論劉向、歆父子、鄭玄、陸德明、鄭樵、章學誠、紀昀七人。

九、清代考證學家整理文獻的業績：分別從語言文字、經傳、史實及周秦諸子四方面來續探討。

十、近代學者整理文獻最有貢獻的人：張元濟和羅振玉。

十一、今後整理文獻的重要工作。

十二、整理文獻的主要目的和重大任務。

這兩部撰成及出版年月幾乎相同的文獻學著作，雖然大致上因撰寫方向一致而可歸爲一類，但在內容的詳略和體例的安排上，仍有很大的優劣差異。吳楓先生將全書分爲八章，但是第二、四、六、七、八章實際上仍然不離目錄、版本、校讎學的範圍，只是撰者將它們分散成幾個不同的主題來寫，再加上一些藏書家和典藏方法的資料而已。剩下的三章，除去第一章導論外，眞正涉及文獻學內容的，只有第三章和第五章而已。第三章首論文體，分別爲：文學散體，如箴、銘、頌、贊等；詔誥官書、政論學說、公牘文書、書牘序跋、史志、碑志行狀，及其他雜著八項。次論注釋，分別討論注釋名稱，如故、訓、傳……等；注釋類別，如解釋字詞、解釋內容。再次討論古籍體式，如作者及書名的著錄方法、文獻單位的名稱如簡册、卷軸、書本、函帙等。至於第五章，則分別論述類書、叢書、輯佚書的源流及發展。

這兩章的內容，前者可以說是在介紹文、史著作的各種寫作體裁；後者則是依編輯形態的不同，介紹典籍中的三種不同類型的書。吳楓先生並未在書中說明他所以這樣撰寫的理由，不過如果只是以這兩部分來代表整個文獻學的領域，就似乎太過薄弱。尤其是第三章，除了第一節〈文體〉部份還算做了一些體裁上的整理、歸納外，其餘二節眞可說是只在一些名辭上打轉，根本上就已把文獻學拉到外在形式介紹的層面上去，使得文獻學變得毫無研究深度可言。所以這部著作在內容上並不具全面性，也不具代表性；在體例上又將各種不同學科雜錯羅列，無法使讀者看出他的條貫性。由此而論，此書在文獻學的領域中並不算是一部成功的作品。

相形之下，張舜徽先生的著作就顯得頗有條理，內容也豐贍得多。除首編〈緒論〉外，第二編卽釐清了古代文獻的幾種不同的寫作體例：

> 綜合我國古代文獻，從其內容的來源方面進行分析，不外三大類：第一是「著作」，將一切從感性認識所取得的經驗教訓，提高到理性認識以後，抽出最基本最精要的結

論，而成為一種富於創造性的理論，這才是「著作」。第二是「編述」，將過去已有的書籍，重新用新的體例，加以改造、組織的工夫，編為適應於客觀需要的本子，這叫做「編述」。第三是「鈔纂」，將過去繁多複雜的材料加以排比、撮錄，分門別類地用一種新的體式出現，這成為「鈔纂」。三者雖同是書籍，但從內容實質來看，卻有高下淺深的不同。

張舜徽先生更進一步解說「編述」和「鈔纂」的差異說：

> (編述）和「鈔纂」根本不同之點，便在於鈔纂的書大半必須標明資料的出處，以說明它是有根據的。「編述」便不然，乃是將那些來自不同時間和不同空間的資料，經過整理、熔化的工作，使成為整齊劃一的文體，以嶄新的面貌出現。

因此，像《史記》、《漢書》，就是「編述」類的作品，而各種類書，就屬於「鈔纂」了⑫。

明乎此，張舜徽先生就分別敍述版本、校勘、目錄學，並標明此三者乃「整理古代文獻的基礎知識」。到此，算是該書的第一個部份。

第六、七、八編是此書的第二部份，也可說是此書的主體部份。第六編從整理文獻的方法上來討論，分成鈔寫、注解、翻譯、考證、辨僞和輯佚六大類。第七編從文獻的類型上來分類，綜述前代整理通史、方志、地圖、圖表、字典和叢書的成績。第八編則以人爲主，討論了劉氏父子等七人的勛業。

該書的第三部份是分別論述清代及近代考證學家整理文獻的成果；第四部份是總結與展望。

綜觀張氏全書，可謂條理清晰，結構完整。屬於全書主體部份的六、七、八編中，第六編將整理文獻的方法分成六類，已可說是十分完備；第八編所選擇的人物也甚具代表性，再加上九、十兩編的配合，中國歷代較具代表性的文獻學家都已囊括在內了！勉強要在這一部份找點缺失的話，那就是第六編和第二編互有重複和不足的現象。例如第六編第一章談〈鈔寫〉，與第二編的「鈔纂」略爲重複；而第二編因談鈔纂而涉及的〈寫作的類輯〉——即談類書，若移置第六編內或更爲恰當。除此之外，均可稱善。

稍有可議者爲主體部份的第七編。固然張舜徽先生已將中國古代典籍挑選了很重要的六大門類來討論，但是有些在中國古代典籍中亦不可忽視的文獻類型，或是只約略提及，或是根本不涉隻字。前者例如譜牒類的書，只在第七編第四章〈製圖表〉的討論中帶到幾筆；後者如讖緯類、四書類、會通史學類、詩文評類……等各種不同類型的文獻，在中國的學術、政治、文化上都產生過很重大的影響，張舜徽先生卻對它們完全沒有討論。

當然，這裏涉及到了文獻學到底該討論那些內容的問題。張舜徽先生並未說明他選擇這六大門類來討論的理由，在此情況下，我們也無法歸納出撰者的取向，只勉強可以看出，撰者似乎認定：後人整理前人留下的文化遺產，才是文獻學討論的範圍。所以以該書第二編撰者所揭示的三種寫作體例：著作、編述、鈔纂而論，屬於文獻學的應該只是後兩種。

我們姑且不論所謂文獻學，是否只應討論「後人如何整理前人留下的文化遺產」，但單就這點而論，張舜徽先生在第七編中卽有缺失。例如由「三通」以至於「十通」，也是編述的體例，也是影響中國學術文化的重要文獻類型，他就沒有論及。所以，這一部份應是全書中最重要，資料也應最多的討論重點，撰者卻未能充份發揮，使整本書的走向仍偏向於基礎學科的敍述，以及文獻外在型式、編寫方法的介紹。雖說此書已較前文所述諸書優異甚多，但是仍未足以架構出一套使人信服的「文獻學」⓭。

五、文、史分立的文獻學著作

另有一種文獻學的著作，是將歷史、文學分開討論的。代表作有：

1.《中國文學文獻學》，張君炎著。書首有一九八五年二月王運熙序，一九八六年十二月江西人民出版社出版。

2.《中國歷史文獻學》，楊燕起、高國抗主編。書首有一九八九年四月編者撰〈前言〉，一九八九年九月書目文獻出版社出版⓮。

現仍將張、楊二書之篇章大致羅列於下：

張氏《中國文學文獻學》：

一、緒論。

二、我國古代文學文獻的種類和體裁：以下分論詩歌、散文、小說、戲曲、古典文學批評。

三、我國古代文學文獻的類型：下分五節：總集、別集、單行文獻、叢書、報刊類文獻。

四、我國古代文學書籍的刻印出版。

五、我國古代文學目錄的特點與演變。

六、我國古代文學文獻的校勘和辨僞。

七、我國古代文學文獻的注釋和體例。

八、古代文學作品綜合集文獻。

九、古代詩歌文獻。

十、古代散文文獻。

十一、古代小說文獻。

十二、古代戲曲文獻。

十三、古典文學批評文獻。

十四、文學文獻的檢索方法和文學工具書。

楊氏《中國歷史文獻學》的篇目是：

上編：

一、緒論。

二、歷史文獻學與中國傳統文化。

三、時代與歷史文獻學。

四、歷史科學與歷史文獻學。

中編：

五、先秦兩漢——中國歷史文獻學的成立時期：分論司馬遷、班固、劉氏向、歆父子、鄭玄等。

六、魏晉南北朝隋唐——中國歷史文獻學的成長時期：分別討論四分法的確立、隋書經籍志、南北朝的注釋與校勘、陸德明《經典釋文》、顏師古《漢書注》，以及劉知幾。

七、兩宋元明——中國歷史文獻學的繁榮時期：分別討論官私書目、類書、叢書、方志、鄭樵、馬端臨、胡應麟、祁承㸁等。

八、清——中國歷史文獻學的鼎盛時期：論四庫全書、章學誠及張之洞的目錄學，以及清代的版本、辨僞、注經、考史、補志、輯佚。

九、近現代——中國歷史文獻學的變革時期：分別討論羅振玉、王國維、梁啓超、顧頡剛等十人

十、中國歷史文獻學的現狀與前景。

下編：

十一、目錄學。

十二、傳注學。

十三、校勘學。

十四、版本學。

十五、辨僞學。

十六、輯佚學。

十七、史源學。
十八、編纂學。
十九、藏書史。
二十、歷史文獻學的相關學科與相關文獻。

這一類的著作有兩項共通點：第一，他們仍是以目錄、版本、校勘及辨僞文獻學的基礎學科，如張氏《中國文學文獻學》的第四、五、六章，以及楊氏《中國歷史文獻學》的「下編」。而且楊燕起先生等人還將基礎學科擴大了很多。第二，這一類的著作都希望藉著縮小討論的範圍，以達到內容上不致疏漏，討論上可以深入的目的。

關於第二點，這一類的著作在做資料取捨的時候，的確比前述諸作容易得多。尤其是「文學文獻學」，只要把定義定在「純文學」，或「狹義的文學」上，就沒有什麼困難了。所以張氏書採錄的範圍，只限於詩歌、散文、小說、戲曲，附帶再加上文學批評而已。而楊氏的《中國歷史文獻學》的取材範圍，則以史部爲其主體。

但問題也就在此。他們在做資料取捨的時候，雖然劃分了「文學」與「歷史」，可是這是昧於中國傳統學術型態的。中國傳統學術歷來文、史無法分立，有些是文、史性質兼具，有些則似文非文、似史非史。例如說傳統的經部、子部諸集，是中國歷代學者的學術根源，根本無法說它是屬於「文學」或「歷史」。所以張氏《中國文學文獻學》的寫作範圍，實在不敷學文學的人做整體考察之用；而楊氏的《中國歷史文獻學》又不得不取注經、類書、叢書等問題列入討論。

所以只能說這一類的著作是互有利弊的。雖然只能討論到文獻學中的一部份，而且沒有辦法勾勒出中國古代典籍各部類間相互流通、相互影響的全貌，但是就深度而言，它們無疑是較前述諸作更進一程的！

六、結　語

張君炎先生在《中國文學文獻學》中卽說：

> 當前，學術界對「文獻」一詞的概念，還沒有一個明確的、公認的定義。總的來說，隨著科學文化的發展，尤其是圖書館學和情報學的產生和發展，「文獻」一詞的涵義越來越廣泛多樣。⑮

我們從當前大陸題名爲「文獻學」的書籍來看，的確有此現象。大家一致接受的是：「文」與「獻」不再分立，「文獻」變成一個不可分割的名詞。但是，何謂「文獻」，何謂「文獻學」，每個人認定的範圍又不相同。在這個連範圍、發展方向都不確定的情況下，希望從「文獻學」中去探究中國古代典籍文獻的興衰脈胳，甚至進一步藉此去探究學術史、文化史的史觀，都是不可能的。

而由於「文獻學」的定義不確定，大陸上另有許多不以「文獻學」爲書名，而內容卻與「文獻學」息息相關的書。例如一些題名爲「編輯史」的書，如韓仲民著《中國書籍編纂史稿》（一九八八年五月中國書籍出版社出版）、姚福申著《中國編輯史》（一九九〇年一月復旦大學出版社出版）等。這些書籍的觀點和內容，若能和「文獻學」諸作相互融和，或許能使「文獻學」更快地建立起一套屬於自己的體系。

附註

❶ 參見《中國圖書情報工作大全》，武漢大學圖書情報學院主編，科學技術文獻出版社出版，一九九〇年七月。

❷ 如張舜徽《中國文獻學》均稱「古代文獻」，張君炎《中國文學文獻學》稱「傳統文獻」，而吳楓則將書名定爲《中國古典文獻學》等。

❸ 該書書首冠一九二八年十一月作者自序。臺灣商務印書館一九六七年八月臺一版。一九八三年十一月大陸上海書店重新梓行。

❹ 本文內所列舉諸著作，皆以眼見者爲限，並不表示囊括大陸地區所有作品。下文同此，不再註明。

❺ 王欣夫《文獻學講義》除〈緒言〉外，全書分爲〈目錄〉、〈版本〉、〈校讎〉三章。四川師院的《中國古典文獻學》除書首〈編者的話〉、書末附六篇〈中國古典文獻學論著選注〉，如余嘉錫〈四庫提要辨證序〉等之外，全書主體則爲〈中國古典文獻學概要〉，以下分〈引言〉、〈目錄學〉、〈版本學〉、〈校讎學〉四部份。羅孟禎《古典文獻學》除〈緒論〉外，全書分四編，第一編〈談書〉，論簡册、帛書等，其餘三編卽爲〈目錄學〉、〈版本學〉和〈校勘學〉。

❻ 見王書第一章〈緒言〉。

❼ 見羅書〈緒論〉。

❽ 例如鄭樵在《通志・校讎略・編次必謹類例論》中卽說：「觀圖譜者，可以知圖譜之所始；觀名數者，可以知名數之相承；讖緯之學，盛於東都；音韻之學，傳於江左。傳注起於漢魏，義疏盛於隋唐。觀其書，可以知其學之源流。」這就是將歷代書目加以對比所得出來的結果。

⑨ 以羅孟禎先生所舉的「文獻學應有的內容」爲例，標點、注釋、翻譯是屬於整理古籍內容的方法；流通、管理、保藏、修繕是屬於書籍硬體的處理方法；而辨僞書、輯佚書又是屬於各種文獻類型中的兩種型式。觀念各異，系統非一，如此紛然雜沓，如何建立條理化的「文獻學」？在這種情況下，他說目錄、版本、校勘是文獻學的「主體部份」，是沒有意義的。

⑩ 此書於一九八三年九月，由臺北木鐸出版社重新排版印行。

⑪ 此書於一九八三年七月，由臺北木鐸出版社重新排版印行。

⑫ 參見該書第二編第一章，木鐸版頁三二——三七。

⑬ 張舜徽先生另編有《文獻學論著輯要》，書首有一九八二年三月自序，一九八五年八月陝西人民出版社出版。該書共收錄與文獻學有關的論述七十一篇，如向〈戰國策書錄〉、班固〈漢書藝文志總敍〉、阮元〈經籍纂詁凡例〉、繆荃孫〈永樂大典考〉等。

⑭ 另有張家璠、黃寶權主編的《中國歷史文獻學》，於一九八九年六月由廣西師範大學出版社出版，筆者未及見。據《文獻季刊》第四十三期（一九九〇年元月）介紹該書云：「全書分十章……闡述了有關中國歷史文獻學研究的對象與任務，歷史文獻的產生與聚散，以及歷史文獻的分類、目錄、版本、校勘、考證、辨僞、輯佚、標點、注釋、典藏、閱讀與檢索等方面的基本理論與知識；並用專章對中國歷史文獻的研究工作，加以歷史的回顧與展望。」由此敍述，已約略可窺知該書的旨趣。此外，屬於「文學文獻學」方面，另有潘樹廣撰《古典文學文獻及其檢索》，一九八四年陝西人民出版社出版，撰寫方式與張君炎先生所撰大致雷同，茲不贅舉。

⑮ 見張氏書第一章第一節〈文獻與文學文獻〉。

大陸有關中國古典文學研究述評

游志誠
靜宜大學中文系副教授

一、前言

隨著政治舞臺上自一九七九以後的大轉變，大陸共產黨第十三屆三中全會定下的路線、方針、政策，主導了中國古典文學研究的趨向，並且，帶動大陸中文學界整理古籍與吸收開放外來思想理論的兩大熱潮，新的面貌、新的成績反映在一九八一年開始編纂的《中國文學研究年鑑》專書上，年鑑編到一九八七，充分顯示大陸在中國文學研究上的成果與研究進路。這份年鑑涵蓋的研究範圍有古代文學、現代文學、當代文學、民間文學。可知所謂的中國文學研究它並不分古典與現代、當代。到了一九八六年出版的《比較文學年鑑》則又加入了比較文學與中國文學的研究內容。這一切有關中國文學在大陸的研究情況，就目前臺灣已出現的討論海峽兩岸的學術文章中，較少被專門論述。尤其又以大陸在古典文學研究的理論建立、詮釋意見，與方法檢討諸方面的討論最少❶。本文擬就相關資訊以及寓目所及，略述閱讀大陸學者專著後的感想心得，加以辯證比較，盼能對臺灣的中國古典文學研究有些反省、鞭策，與啓示之功。

二、研究進路：從鑑賞做起

大陸自一九八一年以後全面地作古籍整理研究及解釋，就目前成書的研究成果來看，大類有三種路向：其一做古籍校勘整理，做彙注與資料彙編，這一類可統之曰文獻資料整理。其二做詮釋工作，運用古典文獻做材料，重新解釋，並且試圖建立一套架構。其三做工具書編纂，像上海辭書出版社與湖北辭書出版社的一系列著作。

這三類工作，第一項能做到最笨最死的功夫，第二項能做到最新最大膽，第三項則能做到方便清楚的地步。平心而論，就其質量而言，都大有可觀。其中第三類工具書有一部份是冠以鑑賞之名的又特別要注意，因爲在這些鑑賞文字中，也充分表現大陸學者的詮釋功夫，不僅僅是辭典性質，只供查考而已。

在檢討這一類鑑賞著作之前，不妨先提示中國古典詩詞曲鑑賞方式中最普遍流行的一種叫集評集釋的方法，這是比較能看出中國人鑑賞文學作品的實際例子。其施於批評之處有夾批、眉批，或通首書感，或擇一端而詳論，又有摘其中一二句專論之，通稱「摘句批評」，過去已有多種討論論述詩詞曲話的利弊優劣❷。姑無論正反意見如何，摘句批評與詩話的賞鑑方式，原來即包含有中國文論的抽象面及實際面，很多理論概念藉評點批話以求得印證。就其評點方式而言，即充滿顛覆、批判與反省，在否定、肯定、妥協與交溶中，見出評點者的閱讀趣味❸。讀者地位在詩話評點的過程中凸顯了，讀者往往是摘句以爲解的主控者，這裏面有讀者豐富的個別經驗，也有讀者積澱良久的文學經驗、文學知識。所以，以今天眼光重新看詩話評點，它既是民族特有的賞鑑方式，也是符應讀者、強調讀者的一種重述閱讀歷程賞鑑，提供後代人瞭解古典作品之另一途徑，而不止是注解字義詞彙，考訂禮制掌故而已。現代人如果要再賞鑑，除了臚列集評集釋，訓詁生字生詞，最主要的工作，應該是加入現代人的瞭解，給出現代人的意義。在衆多的集評集釋中，有所選擇，有所判斷，乃至有所創發。也卽是說賞鑑的人要把握賞鑑主體的地位與精神。

目前大陸出版的賞鑑辭書，比較可觀的賞鑑文字，在訓詁原作、字詞解釋之外，加入了很長分析，逐句逐段的賞解，還不忘隨時引述歷代集評集解之可以佐證參考者。這些內容已足夠編成賞鑑辭典的工具書，方便查考參閱❹，然而不然，好的賞鑑，有很多不忘加入賞鑑者的主體意義，並對前人集評做出辯證，充分反應了閱讀過程的趣味，展示了現代人的閱讀觀點。拿王洪主編《古代詩歌精萃鑑賞辭典》一書爲例，幾十位的賞鑑者撰寫五百餘首詩詞賞析，就到處可見賞鑑者的趣味。王洪自己在賞鑑蘇東坡晚年作品〈汲江煎茶〉這首詩時，就加入自己的賞鑑心得，以汲江水之清喩詩人人品之清，但一方面，又把握住「枯腸未易禁三碗」一句之影射，綜合三碗典故與詩人生平閱歷，判斷此詩此句愈見詩人命運之悲。其中特別摘出一二句與三四句，引述汪師韓、楊萬里兩家相反的意見，再說出自己的領會。首句二句這樣說：「活水還須活火烹，自臨釣石取深清。」楊萬里摘出二句認爲七字而具五意：水清，一也；深處清，二也；石下之水，非有泥土，三也；石乃釣石，非尋常之石，四也；東坡自汲，非遣卒奴，五也。楊萬里以五句意分析，是個人的領會。汪師韓則反對楊的意見，他說：「舒促離合，若風湧雲飛，楊萬里輩曲爲疏解，似反失其趣恉。」（《蘇詩選評箋釋》）在汪師韓的閱讀中，他改用形象描述閱讀經驗，著眼在讀者主體感受，而捨字意分析，兩人所佔角度不同，自然會有失趣之責，然而由此看出古人賞析不避否定與批判意圖，凡詩話評點之可貴處在此。到了王洪如何在集評中發揮呢？他採用並存兩義的方式，認爲楊萬里作理智分析，而汪師韓以直覺感受去把握，綜合之，王洪翻出新意，說：「讀蘇軾此一句詩，當會有一個清字在心底，一泓清水與一位老者冰清玉潔的晶瑩之心。」（王洪，一九八九，頁六三五）這樣的閱讀又進一層，加上閱讀想像與作品作者還有作品風格的體會。要看到這一層，要賞析到這一境界才算是一種有生命的閱讀。拿這樣的賞鑑跟另外一位大陸學者徐續《蘇軾詩選》的注解，高下利弊，頓時可見。徐注僅作詞義訓詁，解活火活水，並引述詞義出處，吾人只能看到作品被坎陷在文義格式中，而不能讀出趣味，更不能觀摩到選注者的瞭解情境（徐續，一九八八，頁二三二）。賞鑑辭典在這方面補足了字義詳注所不及者，幫助讀者進行閱讀思考，提供作品解讀與讀者接受的範例，實在不能只看它作單純的工具書。反而要把賞鑑辭典看成是現代人的新評點、新詩話，是古人集評、集注與集釋的延續。唯一的差別，是賞鑑用白話語體表達，而且加入了分析，加入了讀者閱讀的歷程描述，份量、結構、周詳面、精密度，大大超越古人。惟一要留心的，是在從集評中的文言語句，改換成白話語體的敍述時，可能會產生只停留在「翻譯」古人的集評意見，實質上，並沒有做出新解。譬如張中賞析歸有光〈項脊軒志〉一文就犯此通病（郁賢皓，一九九〇，頁三七七）。他先分析〈項〉文字句段落的詞面義與引伸義，少有涉及閱讀歷程的描述，稍微提到自己的感受，則又跟古人的領會無甚差別。文章最後只好援引王世貞、王錫爵與黃宗羲的集評以爲總結，不敢做出辯證與判斷，只說了：「這些論述都很值得深思。」可知閱讀者完全認同古人之見，閱讀活動相當消極。而仔細推究，張中的賞析，儼然是古人之見的白話翻譯。類似這種作法，是賞鑑辭典比較不可取之處。雖然如此，也仍舊不能忽略它的收集古人集評，提供方便參考的工具書價值。

另外一種賞鑑文字並不引述古人集評集釋，當然也不依古人爲準，而獨立自主地做出賞析，其賞鑑進路很容易走上意識型態的路子，以馬克斯文學或馬克斯美學爲主要策略。邱崇丙在賞析《戰國策》〈趙威后問齊使〉與〈樂毅報燕王書〉兩篇即是顯例。大陸學者解釋古典理論。古典作品一旦涉及意識型態，援用馬克斯策略，往往露出盲點，有牽強附會與生硬亂套之弊。這也是臺灣學界較不能認同也不願對應的一點（王彬，一九八七，頁一四～一八）。賞鑑文字經常冒出「勞動人民」、「封建社會」、「上層階級」、「資本階級」、「被壓迫民衆」等等，完全以意識掛帥，服從政治敎條，充分見證著權力結構、文化模子與文學體制強加給文學論述的操控力與影響力，以致做爲一種文學的言談論述更加暴露了論述的機械特質，假藉表象的多元開放，佔據著實質的一元封閉主宰。這方面的論述愈多，便愈加貶損學術的客觀評價。尤其可能導致研究策略走歪路，走偏激。蔡鎭楚寫《中國詩話史》一書，是目前爲止有關中國古典詩話的一部較有系統，較前瞻性的專著。該書分成八卷，從詩話源流，依歷史先後，直講到現代詩話。前七卷有敍錄，也有深入的比較分析，大抵維持古典的眞實現象加以解說。而全書最具展望視野，表現宏觀角度的則是卷七〈現代詩話〉，尤其第三章〈分析現代詩話發展的新趨勢〉，認爲現代詩話分別跟詩學、美學與比較文學結合，給予這三條路線以極高的預期希望，肯定這三條路向的研研進路，譬如朱光潛《詩論》、錢鍾書《談藝錄》、郭紹虞的《滄浪詩話校釋》《宋詩話輯佚》《清詩話前言》《淺談清代詩話》等就是代表作。立論貼切，舉證詳實，也指出了詩話的未來研究方向。僅就此宏觀識見已足夠學術創見了。卻仍要不免落俗地扯上馬克斯主義美學，認爲現代詩話對詩歌理論的探討，要以馬克斯主義美學爲指導，才有可能開創新的局面，取得新的成就，隨卽預期：「中國人按照美的規律創立一代新詩，建立具有中國特色的馬克斯主義詩話學，已經指日可待了。」（蔡鎮楚，一九八八，頁四一五）拿這段話來檢證他自己所舉的朱、錢、郭三家著作，明眼人卽刻識破其中不相應的論述，顯然有移花接木之嫌，這類似的論述已成爲大陸學者共同的言論機制特徵。如何突破，或者如何擺脫，是目前臺灣學者關心的焦點❺。

由賞鑑辭典所見大陸學者的文學研究成績，明顯地看出在方法上的困難挑戰。

三、方法流派之面貌

從八十年代開始，大陸中文界的古典文學研究方法，簡單地分類，可分資料整理與詮釋鑒賞兩大類。資料整理又多半集中在資料匯編與辭書、工具書編纂。詮釋鑑賞也可大類分成三路，一路用西方理論重新詮釋古典，一路依政治思想要求用馬克斯理論解釋古書，古代理論，一路謹守古代理論加上主體性領會做出新感受、新詮別。基本上，這三路方法途徑在臺灣中文界都有，差別在用這些方法的學者出身，以及數量多寡，跟水平的高低。而最明顯的，還包括體制內給這些方法的評價大爲不同。臺灣學界以外文系出身學者較擅長用第一路方法，中文系出身學者卽使用西方理論，多半屬於輔助性、腳註式的運用，論及直接用及系統套用的程度顯然不足。反觀大陸中文界則不然，他們透過譯本原典，或者直接引述，在論文中大量應用西方理論，較有深度者，還保留中國本位觀點，盡力在西方理論之後回歸中國古典傳統的模子習套，再盡力以適合古典的語彙或觀念加以統攝綜合，提示綱要。這個精神及此精神支持下的理念與作法，每每是臺灣學界所欠缺的，臺灣外文系學者罕有這種學術民族情操，以致挾洋壓中、恃西貶東的口氣跟論調，充斥於字裏行間或口頭論辨。至於中文系學者，知高處之所在，亦知錯路宜修正，無奈只能困於西方理論的陌生，唯心嚮往之而已。試看康正果寫《風騷與艷情》一書的手法，即是在確定研究主題跟預期目標後，抱定古典詩詞中的女性研究必賦予新意義，於是廣泛閱讀西方女性主義文學理論批評的書，想要借助一種對立的觀點和立場。全書可看出這種明顯的論述引據。然而，作者並不因此而落爲夷制，一方面仍保持清醒地認爲要用今天的框框去套古人的作品，未必適合，所以要避免標新立異；一方面得建構一套能跳出西方批評術語的敍述架構，作者因之寧可拈示「風騷」與「艷情」，而不願用一些類似現實主義、浪漫主義，批判現實、追求形式等窠臼觀念。康正果說：

> 正如「古典的」與「巴洛克式的」代表了兩種並不局限於某一特殊時代的普遍結構範式，百合與玫瑰象徵著西方文學中普遍存在的兩種對立的婦女形象，風騷與艷情統攝了兩種精神，兩種趣味，也標誌著兩種詩歌類型，成為貫串於創作閱讀和解釋的兩大思維定勢。（康正果，一九九一，頁四〇三）

能夠研究到這樣的程度，就不止是純在套用或冒用西方理論了，也不在硬要以西方爲標準而同其所同，這裏，我們看到其研究旨趣從平行研究的異中求同，提昇到中西文學文化模子的判別，進而在同中見異，揭示中國古典材料的新價值，賦予新詮釋，西方理論終究是通過這道新詮釋之岸的一隻遊筏。中西資爲互用，居於對觀並視的互爲主體的文化團體，這是吾人理想中的一條中文學術大道。

對中文學界來講，康正果這條路的研究結果，不免令人思有以質之。即以風騷、艷情二詞爲喻，古籍文獻具在，詩詞風格臨文可得，人已早會之悟之，難道一定要借助西方、繞道一回，強附比觀，否則不足以解之？這便是信奉第三種方法路數者所堅持的研究態度。於是，我們也就看到謹守古典的保守學風因之自然形成。

目前保守派研究方法多半施之古籍校勘新注與資料彙編的收集，碰到創造詮釋與新理論的建構，則不得不交由對新方法有自覺與反省的學者，而這一類學者基本上是延續民初王國維所帶動的新方法研究精神。

四、王國維的新方法影響

大陸中文系搞文學詮釋都多少帶有幾分王國維的影子。也就是一意創新，敢於放言高論。吾人讀其書，很快會被他的新跟「有意見」吸引住。可是，要追根究底去看出他們憑什麼去新，憑什麼去創，要先摸清楚人家做學問的路數。簡單說，大陸學者近十年拜開放改革之風潮所賜，對西方的新論廣泛而熱烈地吸收啃讀，再把它轉化到中國學問來，因此而較前人有新的立說。先不論這種做法之細節可能潛藏很多問題，但至少這個參配西方納爲已說的精神很旺，方法路數也是極其明顯。

即以王國維《人間詞話》一書之所以有創說、有獨見爲例，盡人皆知王氏嘗援引叔本華在《意志與表象的世界》所闡發的絕命永生、意志爲上的說法，來建立他的有我與無我之境。這個有我之境、無我之境，又分出造境與寫境以之相配。四個術語構成王國維詞論的特色，也是他不同於古人之處。中國向來講物色（如《文心雕龍》），講言意（如六朝），講情景（如黃昇《花庵詞選》），講觀物方法（如邵雍）等等。每一種說法在某程度上多少都有王國維的意思，但又不能舉一秉百。王氏如果因此而放棄新創企圖，撿現成已有的古人批評詞彙，照樣可以論詞而得其大體，惟因此而王國維就不成其爲王國維了。現在，王氏不走方便之門，還肯用心地，不，應該說是大膽而開放地，敢於援用西方理論加以轉化、修正、應用在自己的立說上，才創出了他自己有別於前人之新論。這個新論的意義，要把它看成是融合中西詩學相互並參之後才能達到的成就。也即意味凡是欲有所新創者必要能容受中西兩方面深厚學養的影響，也似乎暗示著閉關自守，謹遵古老傳統一套學問的，總是很難突破舊格局，創新路數的。當然，在創新之前，必先有能力，有涵養地沉潛在考舊的功夫上。論者因之不免質疑若王國維不先具有深厚舊學底子，即使面向西說西論，恐怕也難轉化而資爲己用，此論誠是。此亦所以吾人當戒愼自警，莫掉入純套用西論之弊。

王國維創新論之成就，學界既已肯定，然而若要問眞識之者、眞瞭解者有幾人？欣賞瞭解之餘，又眞能奉行力踐、發揮引申者是何人？

拿兩本注解《人間詞話》的著作爲例，一本是周策縱《論王國維人間詞》，其解釋無我有我之境之所由，全在排列西論以參證。譬如舉王氏的「靜中得之」跟華滋華斯「詩源於靜中情緒之復集」並觀，舉宏壯、優美之二類源出康德美學，而朗奇利斯、巴克都倡此論。再舉無我之境受叔本華影響，最後歸爲「忘我」與「物我一體」之意。這樣的注解走上中西比較對觀之路，而重點在接受與影響兩方面，都以西方爲主，中國爲從（周策縱，頁二二）。

再看滕咸惠做的《人間詞話新注》就不單方面地援引西論做注解，而是更多地引述中國古典詩學詞論之可並參者，來跟西論平等地看（滕咸惠，頁五六～五七）。如此便能明顯地凸出王氏詞論的轉化修改西說的價值。這種心態與路數，也得待明眼人來慧眼識英雄。周振甫先生就說：「王氏的無我之境是受叔本華影響，但他把叔本華追求的唯心的絕對寧靜說應用到詞論裏作了修改，使它中國化了，使它成了中國的詞論。」（同前，序言）這裏所謂修正，所謂中國化，正是當代學者研究路數的標竿，大陸學者有此能力，更有此認識，故而在態度上較主體化，在方法上，較具有中國傾向。反而臺灣學者比較兩極化。外文系學者幾乎以西方爲標準在程度上超過大陸學者。中文系則摒棄拒絕西論，在程度上又不及大陸的開放學習西論。因之，如果臺灣學者能夠欣賞新論新說，其基本條件是要有閱讀熟習西論的知識背景，否則，無法作出像周振甫這樣的贊評，他說：「無我之境實際上是排除了叔本華的悲觀思想，吸取他拋開主觀較客觀地觀察事物的合理成分，確立了新的文藝論。」（同前）換句話說，臺灣中文系學者能瞭解的無我之境，僅能把訊息全部置放在古典傳統中，做考據或探源式的整理，新不新，或者新在那裏，恐怕非其用心之處。至於要像周振甫能說出：「他吸收了叔本華的合理成分，但又不同於叔本華，還是成爲中國的文藝論，這是王氏的境界說，在談情景論上確有其超越前人的地方。」（同前）恐怕就更要存疑了。結果，臺灣中文系學者只能做出滕咸惠注解的一半，即臚列古人近似之論（如情景、物色或言意等等），其它叔本華、康德在《人間詞話》中的訊息就都看不見了。

較而論之，大陸學者何以會得出新意見，有新的研究成果，乃是敢於開放吸收西方理論。

五、借用西方理論之利弊

大陸中文學界近年頗流行運用西方當代文學理論與批評手法來從事古典文學的再詮釋及再評價，一股想要突破舊見解，創建新看法的用心，隨處可見。總的說，八十年代以前大陸中文學界的成果幾乎在「整理古籍」方面，彙整版本，排比校勘，重新斷句標點，收集一本古書的相關資料，因此，吾人看到很好的版本出現了，很完善的資料彙編出版了，系統性的工具書也編完成了。就第一步學術研究的基礎性工作而言，大陸學界的成就大家有目共睹。可是，當資料一編成，臨到要對這些一大批資料進行解讀及詮釋時，立刻現出了大陸中文學界極特殊的三階段現象。這三階段大致上也以八十年代大陸政治圈進行改革熱潮的前後爲時間上的分水嶺。簡單說，八十年代以前，由於長達十年的文革之意識型態主導著大陸全面性的思想界風潮，使到解讀的策略要不是很少，就是淸一色的泛政治化框架鎖定一切詮釋進路，嚴格說來，八十年代以前，只有資料性整理，沒有解讀詮釋的新看法。八十年代以後，一方面是政治大環境的改變，革新開放給學術界重新開了一扇門，而西方近現代流行的各種學說之引進，大量的原典翻譯以及學說介紹，在在刺激了大陸中文學界在解讀策略上的反省，並且嘗試新解讀、新詮釋的論述，可說大有成就，這股研究熱潮正方興未衰，幾乎已成爲大陸中文界新出論文集或專書的共同特色。

拿這個研究現象站在一個曾經長期觀察臺灣中文學術界的角度而言，吾人立可初步得出如下的比較結果：

其一：大陸援用西說的熱潮及方法，還有研究旨趣，跟七十年代的臺灣中文界頗類似，只是時間上晚了十年。

其二：大陸借用西說，多有原典譯本作根據，不像臺灣中文界往往間接引述，要不斷章取義，就是以概論介紹爲本，一知半解，缺乏原典整本系統的瞭解。

其三：大陸中文界援用西說可以被學界體制內廣泛接受，但是在臺灣，普遍反映出對套用理論的排斥感與適用與否的焦慮。因此，臺灣比較學界十年前做過的方法上之反省及檢討，其問題討論的深度跟廣泛層面，目前並未由大陸中文界加以注意❻。

其四：大陸中文界有很多學者參加比較文學的組織並運用西方理論，臺灣中文界則對之不熱衷，甚至由陌生而導致不接受。換言之，臺灣中文界不像大陸一般在論文中熟悉西方理論，經常引用原典中譯本，顯見大陸學界近年譯介西方理論經典之作，總合起來比臺灣學界較有系統，較有計劃。

以上四點，是海峽兩岸近年中文學界共有的現象，其中同中見異，異中合同的當然很多，然而之所以造成這種現象的主要因素，推究起來，是比較文學的理論與方法帶來的刺激。尤其是比較文學中文學理論與文學批評這一支的影響特別大。在這一點上，兩岸共同的課題是：第一、中西兩方面的理論是否修養兼備？第二、應用西方理論時有沒有考慮到中國人的觀點，有沒有想到促成中國學派的獨特見解？

就第一點來看，兩岸中文界或多或少都有錯解誤用之處。譬如在運用結構主義中兩元對比理論解釋近體詩格律時，對於平仄的拗律與否，就有誤解的情形。

舉張靜二〈從結構主義與記號學論律詩的張力〉一文爲例，此文用結構主義的二元對比解釋律詩的中間兩聯，以李白〈夜泊牛渚懷古〉一詩四句說明，認爲「登舟望秋月，空憶謝將軍」，秋字孤平，又說「明朝挂帆席，楓葉落紛紛」，帆字也孤平。識者一見卽知錯解，孤平是從來不在上聯的，因爲上聯孤平，下聯可救之。下聯如果拗，如「平平仄仄平」第一字拗仄不救卽犯孤平，如七言「仄仄平平仄仄平」第三字拗仄不救亦犯孤平。詩家皆知避孤平，然而所謂拗而必救，也並非專指救孤平，或孤平之拗。結果張靜二把律詩每聯出句之拗皆看成犯孤平而必救之，以配合他要證明的兩元對比原理（張靜二，一九九〇，頁四一）。因爲律詩常見上句連五仄或連七仄，也有七言單平六仄或二平五仄的情形，凡此皆屬拗句，而本句並無自救，統於下句救之。卽此一例，已不能把二元對比證明得周全。當然，這點小誤解，本不傷張文進行宏觀的對話視野，如從大方向評論，張文援用西方理論之用心，跟大陸學者廣泛吸收西方理論之大膽，均是力求學術前瞻、學術突破的作法。而所謂的小錯誤，還應該把曲解誤用跟轉化生成區別開來。因爲不但創作活動在理論上有「誤讀」的藍圖，也會有「影響的焦慮」，卽從中西理論的移植比較上也有此可能（參布魯姆一九八〇與一九七五）。在比較文學的領域裏這種情形尤其多見。

西方晚近流行一種叫解構批評，其手法特別講到文本的意旨常因書寫時的匱缺，或者因書寫時的偏視，引到呈現於書寫之後的文本自身，很可能跟作者意旨正好相反的情形。現在根據一本文學批評手册的解釋摘錄解構批評的幾個要點：

應用結構分解主義的方法來解讀文學作品的批評家和實踐者，都是德里達在美國的追隨者，其中包括保羅・德曼和希利斯・密勒。尤其以密勒為始終如一的信徒。希利斯・密勒解讀了許多詩人和小說家的作品文本。據他自稱，他的方法是隨時在每一個文本的中心發現「一個最終的絶對反論」。他將自己的方法描述如下：……結構分解主義文學批評尋求的目標是：用這種重新追溯的過程，找出所研究的系統中的基本要素，認出它的矛盾本質；理清文本的線索，根據關鍵問題將文本全部解開；或者找到能使整座大厦解體的鬆動磚石。結構分解就是指出本文早已在無論是否知道的情況下消解了它的基礎，以此使文本賴以屹立的基礎化為消解狀態。結構分解不是拆散文本的結構，而是指出它早已自行拆除了結構。

密勒的結論說，任何一部文學作品的文本，都在不停地玩弄著「不可調和的」或「矛盾的」含義，都是「不確定的」或「不可確定的」。因此，「一切閱讀都是誤讀」。結構分解主義的理論家們所提供的這種新方法，有助於在批評實踐中加深對作品形式的把握，但是這種方法是很偏激的，同時也帶有唯形式主義的通病。（林驤華《西方文學批評術語辭典》頁一七二）

先別問這樣的手册說明是如何冒著「化約」、「簡略」的危詞責全，或者正誤如何，至少這幾點說明已充分說明解構的淺近意思，我以爲，當一位中國文學系出身的學者，想要稍微瞭解解構的「微言大義」時，他是不可能讀盡原典的，也不可能讀遍所有的中文介紹，當他抽樣性地摘取耳目所及的見解，以便進一步思考引申時，他極可能就是靠著「手册」來找捷徑了。可是如此一來，立刻要招來未讀原典之譏，然後要面對「是否徹底瞭解」的求全責難。問題是，以我們所能見到的中文論述援用或介紹解構的文章來比較，平心而論，那些文章的要點經過仔細冷靜地跟「手册」式說明比對，其實也是大同小異，頂多詳略互見罷了。試舉近年新出的一本較有系統的解構論集專書，即廖炳惠寫的《解構批評論集》一書爲例，就可印證我的說法。

當一位僅透過如此有限的，至少目前可及的中文語義範圍內的「解構」手法及涵義時，假使他竟因此信誓無疑地引用到中國文學與批評的詮釋研究，做一番近似比較的論述時，無論如何，他會有盲點或誤解，可是，不能因此就拿「原典」的標準去攻訐或批判，甚而貶低其論述成果。因爲吾人要問的，乃是：原典所建構而成的系統理論到底系統到如何程度？有沒有這個系統？即使有，做爲一名「中國學派」的比較文學學者，他是完全符應那一套西方的系統建構，不想加入中國的視野嗎？如果要，他如何將那一套系統建構移植到中國的文學研究，並且，是怎麼樣的中國文學現象足以適合那一套理論呢？吾人發現，完全適合是很難的，在進行比較時，「勉強湊合」，或者基於「類似」的考量乃是必須的。除非一位比較文學學者興趣與抱負僅止於「介紹」西方理論，他可以不理會中國文學現象合不合那套理論，否則，他勢必在中國文學中找到理論的印證。基於這點基本立場，吾人就可諒解一種可能干冒「比附」之大諱的比較論述，只好以「合法的」或者「合理的」誤讀看待它了。當這樣的誤讀比較進行時，研究者的焦慮，來自三類目的：

其一：中國文學現象跟西方一樣。

其二：不一樣。

其三：不一樣中，中國文學的模子如何跟西方文學的模子不同。就第三點而言，則大陸學界的中國本位傾向較濃，往往在引用西方理論時，有所保留，等到結束討論時，通常都會歸結到近似中國學派的立場，不像臺灣學界以西方理論爲依歸，爲標準。易言之，大陸學界借用西方理論時，大多僅用來做腳註或輔助說明，以便更清楚地疏解傳統古典材料。有時，單看其疏解文字卽已知論述的突破企圖，眞正刪去那些被引用的西方理論，其實也並不影響整個疏解的理路。如此一來，大陸中文界何必拿西方理論當「揷花」式點綴呢？仔細推敲，這其中關鍵，全在「暗用觀念」罷了。也就是說，大陸中文界每每在有所創見或新看法時，其所持的根據，雖沒有明白註出，但稍微熟諳西方理論者，不難看出那些新看法的背後乃是「有所本」，因而產生「彷似」理論觀念的論述。由此暴露大陸中文界普遍可見的現象是：他們以擁有可供閱讀的多種原典中譯之方便，理所當然地，視此原典中文爲共知，不自覺地隨處借用，納爲己論，於是行文之際，便忘了反省己論之所出，以致有暗用，襲用，套用西論，然而並不明白下註，好好交待來源，遂令大陸中文界近年新出論述新則新矣，彷彿有似曾擬似之嫌疑。甚而張冠李戴、片斷剪接、混用誤讀，也隨處發生。特別是，始終僅憑少數兩三册的原典中譯，一用再用，一引再引，不免技窮之嘆，想到許多其它更好的原典只因沒有中譯就從來不提，很有點「原典偏狹」之弊，引述難免以偏概全。

最近有一本由康正果寫的《風騷與艷情》，由貫時性的宏觀與並時性的微觀綜合討論古典詩詞中的女性，運用西方女性主義文學批評來檢討女性形象及女性語言，提出許多新看法。其所持論證基礎，多半也只是一些女性主義文學批評的常識概念，主要以「顛覆」及「重讀」爲主，不斷破解古典解讀策略盲目遵循已遭誤讀的詮釋成規，例如不必要的女性意象解釋之相沿成習，造成閱讀者不敢逾越舊解的範圍，誤認舊解卽爲作者意旨，如此代代相習，根本不能就本文論本文，大猜作者意圖，犯了「意圖謬誤」。如或不然，則又輕率臆測，望文生義，拆解單句單義，忽略全文上下結構語意，因而犯上「感動謬誤」。這情形以李商隱〈無題〉詩最常見，如：

昨夜星辰昨夜風　畫樓西畔桂堂東
身無綵鳳雙飛翼　心有靈犀一點通
隔座送鉤春酒暖　分曹射覆蠟燈紅
嗟餘聽鼓應官去　走馬蘭臺類轉蓬

這首詩的詮釋進路，大抵可由貫時、並時雙向辯證，既要照顧貫時性的詮釋成規、代代相因所形成的完解，如向來都根據《唐宋諸賢絕妙詞選》卷三所載宋祁在街上巧遇宮女而賦〈鷓鴣天〉的本事，以解釋頸聯兩句跟男女艷情主題有關，於是最流行的解釋是把它看作一首愛情詩。如果不如此解，卽從並時性的本文各句細解，而另外解出它是一首「意識流」技巧，表現今昔時空錯置的仕途失意，佳人乖違，愛情失落的感情。這兩種解釋，康正果全部反駁，重新提出一種詮釋學講的「視景交溶」，他說：

首先，該詩自始至終並無一字提到一個貴家女子。其次，何以見得「畫樓西畔桂堂東」必然是幽會之處？如果我們不做出這樣武斷而確切的解釋，而是說得含糊一些，譬如說該處暗示詩人所嚮往的地方，豈不更好？如果進一步聯繫末句的「走馬蘭臺」，我們為什麼不可以說，像「畫樓」和「桂堂」那樣華美的建築，也許正是代指詩人一度任職的秘書省呢？同時，「昨夜」也不必拘泥地理解為「昨天晚上」，把它視為對不久之前一段時間的泛指也許更通脫一些。這樣，首聯即可理解為追憶不久之前的一段得意生活。美麗的夜色，畫樓和桂堂，皆極言彼處之美，可見詩人對那一段生活的眷戀。對於李商隱這樣一個渴求清要之職的詩人來說，我們當然有理由把那一段生活與他曾經服務過的秘書省聯繫在一起。在整個古代，對任何一個步入仕途的人來說，還有什麼比進退、遷謫等商題更主要的事呢？因此，一個更為接近「視野融合」的解釋應該是，一、二句首先抒發了詩人對過去一段頗為得意的官場經歷之留戀。

（康正果，頁二六八——二六九）

康說跟前人不同的地方，在於他應用「意圖謬誤」與「感動謬誤」這兩個批評術語，破解前人解釋偏於一端之失，認爲該執兩用中，二者兼顧。康文的新法，先從詩本文找出關鍵詞彙的別解，再根據詩作者李商隱的身世資料，綜合起來，提出無題詩寄託之意不在詩人個別經歷之記錄，而是一種疏離感，並且推翻了艷詩的傳統解釋。至此，康說之所以爲新乃告成立。這裏，吾人看到康說重新立論之理由竟然是就詩人做過秘書省以及由秘書省調補弘農尉的史料知識。整個康說能成立的先決條件卽在這個歷史線索上。看來歷史主義過去被指責專事考據無補詩意的看法，如今已改觀，有重新抬頭的可能。有一要點須辨明的，乃是此時的歷史主義不再像以往的歷史主義，注入了新的方法與觀念，姑援用目前流行的新歷史主義來稱呼它。這一說倘能成立，則吾人要質問的，乃是既然能就歷史材料看出新解釋的可能，那麼只要詳細引證，旁推交通，就此歷史材料已足以說明清楚，何須在此說明過程中，硬要接入西方理論與術語呢？西方理論及術語在此疏解過程中所居重要性如何？其作用又如何？其實跟康說同樣引據歷史材料而能在解釋上不落窠臼的，可以葉葱奇的《李商隱詩集疏注》爲代表，葉疏也就李商隱出入秘書省而寄慨身世遇合之說立論，認爲李商隱：「忽然外調（弘農）補尉，懊喪的心情可以想見。」（葉葱奇，一九八七，頁一三七）在這一點的認證上，康、葉二人可以說英雄所見略同。差別之處，是葉疏在歷史考證後，仍然認爲〈無題〉詩託於艷詞來寫胸中憤慨，而康說不認爲如此，並否定〈無題〉是艷詩。先不論二說正誤優劣，至少康、葉二家的疏解，一在好用西方理論，另一則絕不搬用，分別代表了兩種極端不同的詮釋進路。吾人到底該贊許那一種呢？

基本上，大陸中文學界勇於做主體性意義詮解之用心是有價值的研究，應該重視，應該鼓勵。然而到底持何種標準比較恰當呢？吾人也看到像收集資料而不敢提出新意的泛泛之論，同前面一樣一首〈無題〉詩的解釋，大陸學者孫琴安在《唐七律詩精評》一書中，收羅十二家舊注評賞之後，下了一段自己的案語是這樣說的：「義山苦吟，不在老杜之下，讀前四句可知。抑揚頓挫，情采並茂，此義山之詩，他人不能。此詩當爲絕情。」（孫琴安，一九八八，頁二八〇）看看這種評語，了無新意，而且，用的批評語彙：抑揚頓挫，也與一般常識不同，語義嫌模糊。比較康正果的批評語彙，跟批評觀念，馬上可見利弊。至於仍沿舊說之絕情主題，理由何在？尤其沒有更令人信服之論。如此一來，吾人寧可寬諒康正果援用西方理論伴隨的適切性質疑，而選擇肯定他詮釋進路的豐富新義。類似孫琴安這種以收集古典資料爲專務，卻無力創建新論的研究，往往戴著一頂「崇古宗經」的后冠，自視清高，形成守舊與趨新二者之間長久的緊張性。這是目前海峽兩岸中文學界最難克服的困境之一。

六、比較文學方法之啓示

文革結束後開放改革的新政策，帶來大陸學界重新觀摩借鑑西方的契機。尤其一九七九年錢鍾書出版四巨册《管錐篇》，標誌著比較文學研究熱潮的新起點。錢氏的研究方法，儘量利用西方理論，進行中國文學現象的闡釋，理論範圍遍及語義學、符號學、風格學、心理學、語言學、文化人類學、觀念史，及系統論，根據樂黛云的說明，這叫作「闡發研究」。這種研究且是雙向闡發的，也卽是要盡力拿中國理論去解釋西方。錢鍾書以後新起的一批比較文學學者，在這一點上尤其有努力成績，如楊周翰的《攻玉集》，就是以中國文學理論，重新解釋莎士比亞、密爾頓、艾略特。至此階段，吾人已隱約看到大陸學界提倡「中國學派」的刻苦用心。一九八五年十月二十九日在深圳大學召開的中國比較文學學會成立大學及第一屆學術討論會，正式宣稱要向這個方向學習，努力發展。季羡林在開幕詞的講話，強調：「提倡中國學派，絕對不是什麼狹隘的愛國主義。」他主張比較文學的研究是無國境的，只有把東方文學眞正地納入比較文學的研究範圍，才能開擴視野（《中國比較文學年鑑》，一九八六，頁二九）。我以爲，這裏所謂的比較，是眞正跨國際的平行或影響研究比較，是比較文學一詞的比較，另外，還有因「比較」的本義以及由比較文學的方法之啓示結合而成的比較觀念，在實際內容方面，並未跨出本國，仍舊在本國的文化文學系統內進行不同主題、文類、形式，與意義內涵的比較，這類攀附比較文學方法概念的中文學術，可簡之「古典文學比較派」。目前卽因比較文學在大陸學界已建立體制教育與研究系統，影響及於中文系與外文系，因此大陸中文學界出版了不少師法擬似比較文學的專著。杜黎均寫《二十四詩品譯注評析》時，爲了解釋司空圖在〈精神〉篇提出的「生氣遠出，不著死灰」的生氣一詞之意，認爲卽是氣韻生動之氣，而這是中國繪畫理論的一部份，他便進行淵源探索，與影響接受的討論，一路銜接謝赫的氣韻，皎然的氣貌，白居易的神會，與張彥遠的眞畫死畫，把這一線理論承受發展理出軌迹，使到論詩與論畫的關係具體明顯，然後下結論說：

> 自古詩、畫不分家。看來研究《二十四詩品》，研究古典文學思想，不可不知畫論。讀者如運用比較文學方法，對原著進行對照評析，當會減少苦惱和阻力，在文學理論方面取得新收獲。（杜黎均，一九八八，頁四六）

這裏提到運用比較文學方法研究古典文學思想，會取得新收獲，不知其所謂的比較文學方法究指那一種比較文學，但至少從杜著全書泰半內容來看，其所用方法，雖有比較，卻未跨科際，跨國界，頂多搬弄幾個簡單而老套的術語，諸如形式主義、神秘主義、唯心主義、認識論等等。其弊端正墮入前引康正果著作中亟亟乎以爲不可犯的亂套亂用。總的看，杜氏的比較方法，是站在中國古典的模子內之比較，沒有踰越兩種模子的對觀。至少不像錢鍾書與康正果的比較文學方法。雖然如此，就理論說明與重新詮釋之效用而言，杜氏的模子內之比較法，猶有可觀者，也不減其新發現的創見價值，其解說文字與詮釋理路亦極清曉爽白。試看杜著以比較方法詮解〈含蓄〉後之見解如下：

> 味外之味，味外之旨，韻外之致，也就是「餘味」，就是文辭之外含不盡之意。在司空圖以前，早就有人崇尚過這種文學境界。劉勰提出：「隱也者，文外之重旨者也。」「夫隱之為體，義主文外，秘響傍通，伏采潛發。」（《文心雕龍・隱秀篇》）在〈隱秀篇〉的「贊」中，還明確論定：「深文隱蔚，餘味曲包。」意謂深切的辭語，隱含的文采，委婉地潛藏著餘味。此處「餘味」，正是「味外之味」。唐代的皎然，也曾探索過「文外之旨」。他說：「兩重意已上，皆文外之旨。若遇高手如康樂公，覽而察之，但見情性，不睹文字，蓋詩道之極也。」（《詩式・重意詩例》）他還簡潔概括：「情：緣境不盡曰情。思：氣多含蓄曰思。」（《詩品・辯體有一十九字》）皎然此處所論「文外之旨」，與司空圖「韻外之致」同。「但見情性，不睹文字」，也很有點「不着一字，盡得風流」的味道。我們從劉勰、皎然的含蓄論，可以隱約看出司空圖繼承傳統美學的脈絡。（同前，頁一一九）

嚴格地看，此段之比較，頗類獺祭式的排比並觀，就貫時性的歷史探源追溯批評語意所從出，已能十足交待任務，然而就正文本身的疏解與詮釋情境來看，相較於康正果用中西平行對觀研究之比較文學方法，優劣互見。然而中文學界到底何途爲是呢？

看來杜著有意趨附八十年代比較文學熱潮，頗效其遺意，帶入古典文學的重新評釋活動，問題是他所瞭解的比較方法有偏差有誤讀。令人不解的，另外在這本著作書前內容提要居然有一段話說明：「本書是用馬克斯主義美學觀點全面評價司空圖及其《二十四詩品》的新的研究成果。」就更是曲外別致，說象之語，有所隱而不能言。明人眼知，縱觀全書，必不能同意作者在書末後記更直接的自白：「用馬克斯主義美學觀點對著重文學特徵和藝術性的《二十四詩品》，進行整理、譯注、分析、評價，並加以通俗的闡發，作到雅俗共賞，使之爲今所用。這就是我研究司空圖及其《二十四詩品》的目的。」（頁二八六）果如其言，試問馬克斯主義美學在那裏引述運用？如何進行比較？相信連作者自己也不容易回答。卽如此類的政治傾向研究路數目前仍佔大陸中文界出版論集的大多數。學術與意識型態糾纏不清，學術無法見證客觀事實材料，可謂當前大陸學界一大隱憂之困局。

居此外在學術困難環境之下，有些研究路數乾脆保持純傳統式的清白之論，做著類似評點案語的解釋，既不牽引西方理論，也不盲隨泛政治傾向，集注集評，再加上一點綜合見解，就成了另一種研究路數。孫琴安的《唐七律詩精評》就集錄了歷代各種詩話對杜甫〈登高〉一詩的評語，一共收集三十五家。最後殿以自己的案語說：「一起便有無限感嘆意，此詩雖非圓健，然雄渾悲壯，氣象高遠。唐人七律近萬首，欲過此者，未嘗見也。」（孫琴安，一九八九，頁九一）觀其所用批評語彙，圓健雄渾，實不脫古典詩話習套，其所作評價，雷同前人，了無新意。試問孫氏個人於杜甫〈登高〉此詩之閱讀反應如何？美感領受如何？新詮釋之主體價值判詮又如何？主體意義之開拓又何在呢？持孫氏之案語相與比較大陸學者施蟄存與臺灣學者張夢機對同一詩的詮釋評價，已不僅是詳略粗細之分，而是新創與依襲，有法與無法之畦別，怎能不令有識之士知所揄揚呢？孫琴安在書前自序中歷敍自唐至清之詩法研究各期特點，皆自成一路。問到他自己呢，則說：「清人對唐七律的考訂注釋也已十分具體精詳，故本人案語不再重複，只是根據自己的主觀感受發一點議論。」這樣的用心固可勉，就怕其所謂的主觀議論，也僅是在前人各種說法中擇取一種自己主觀認可的說法復述一番而已，感受還是前人的，如此遑論新詮釋的闡發呢！由此可見彼輩打著好古敏求，志於舊學之旗號，亦能順應多元文化之風潮，重新看待傳統集評集注的案語賞鑒方法，但是多元意義到其手中又被化約成單元主觀摘擇，詮釋主體於焉失落，很難看到新一代古典文學研究的意見跟前人有何特殊不同之處，試問這一代的聲音在那裏呢？

因此，晚近西方文學批評開始由以作品爲中心焦點轉到以讀者爲閱讀主體地位的事實，也就很快被大陸學界注意，冒出所謂「主體論」的術語。把現象學、接受美學、讀者反應理論與主體論綜合起來，化爲自己的一套。這就是所謂的主體論。

七、主體論文學批評的再興

大陸中文學界近年引用西方理論既已蔚成風尚，百家競說，其中較能拍應中國傳統文化模子，有着相忘相濡相須之脗合境界的，首推主體論文藝批評。然而何謂主體論文藝批評？以及何以中國古代理論手法與精神切近西方的主體論批評呢❼？原來在此之前，中國古代有極豐富的這一類批評手法，特別表現在各種詩話、詞話以及評點案語中，也有這個批評所從出的極詳瞻的理論體系，互爲辨證地寄藏在古代文獻裏。從經書《周易》的辭變象占所提供的易學四道，在擬象、立象的觀天文、觀人文的推論過程中，發展出擬象盡意，得意忘象，言詮意諦與書不盡言，言不盡意的文學繪畫原則論，再落實到實際作品的賞鑑，便是《文心雕龍》講隱秀與比興的作品多義性，加上鍾嶸《詩品》開示的「直尋」與「滋味」說詩，於是味外之辨，象外之象，有餘不盡，言外之意，即爲中國古代文論的中心主旨。強調的是「見仁見智」與「詩無達詁」。其隱含之意便是不把作品當死物看，作品是意義庫，是活絡生機之元場，是不斷須要添補的匱缺。這些觀念，實踐到評注賞鑑的活動，便是各種詩話、文話、詞話的評點案語，其意見不外乎是：協調、辨證、認同、否定、出新意等等近乎直感抒發的閱讀美學。正如王夫之說的：「作者用一致之思，讀者各以其性而自得。」在那些詩詞文的各類集評案語裏，閱讀者（卽評點者）不斷在字裏行間藉着眉批、夾批進行主體性意義的發掘。這種手法，完全是先有理論開示於前，當做大原則的指導，才敢在實際賞鑑中完全開放地發揮，我們經常可見案語中出現強烈的駁議前輩謬論，或者發出自源於內心靈性以契合古人的感受，其間顚覆、解構、破除隙縫等到處可見。這些理論與實際批評的特色，在本世紀前半段時，因西方新批評的二十年霸權之體制，大大貶低它的價值，最後以「印象式」目之，指責這種批評的「感動謬誤」，把這種謬誤跟過去中國古代文論重歷史考證與身世背景研究的「意圖謬誤」並列起來。七十年代時，在臺灣吾人雖然看到過一場不大不小的新批評論戰，其中葉嘉瑩與黃維樑也曾爲中國式的印象批評之在模子內地位及其必然結果堅決地加以辯護。然而，眞正比較有力的駁論以及正面積極的重新解釋，也還是要到八十年代，才開始用西方理論中的讀者反應論與接受美學之說法，來對觀中國古代理論，重新賦予精神，尋找出路。相應於接受美學與讀者反應論的哲學理論根源，我們也就看到同時期中，自現象學開展的海德格、胡塞爾學說再度流行。以葉嘉瑩寫的《中國詞學的現代觀》一書爲例，正是這種方法的應用，在大陸學界引起很大注意。葉著結合現象學、接受美學、讀者反應的批評手法，重新解釋詩詞，並且對觀比較了詞話的批評手法，清楚地見證了古代理論的價值所在，及其適用性，絕對可資爲今用，大大發揮了古代理論批評的當代相干性。大陸學者九歌在《主體論文藝學》一書中特別列專章討論中國古代理論的這種主體論價值。他強調：「如果不從本民族歷代文藝學思想中發掘出文學主體活動論的理論淵源，我們今天的主體論文藝學研究將成爲無源之水，無本之木。」（九歌，一九八九，頁三七八）接着，他斷定中國古代文學理論的運思趣向是以主體活動爲起點的，思維方式也是以主體活動爲中心。假使說，葉嘉瑩的前揭書是在中國古代理論上進行實際批評的主體論閱讀，那麼，九歌的論述就是在理論層面做新解釋了。

剩下的問題，卽在九歌理解的主體跟古代理論中有主體傾向的材料是否妥貼適中相干。首先，九歌把思無邪、詩言志的觀念比附成主體論。引孔子與弟子問答黃帝四面與夔一足的事情，認爲孔子的解釋卽本着主體意識爲出發，因爲他主體地主張不語怪力亂神，講究思無邪。這樣詩言志的志是什麼，也就可以理解爲志是存在於文學主體的精神世界之中，然後確定人的存在是文學存在的先決條件（頁三九三）。底下九歌分別就古代文論中「我詩有我在」的特徵暢論作者主體與讀者閱讀主體的雙重意義。不過，眞正要把主體論跟作品意義之發掘接受結合起來，才能認識爲什麼中國古代有那麼多的集評集釋。九歌乃在該書中引用接受美學大師伊瑟的閱讀活動論，認爲作品意義不能泥定於某一解釋。因爲伊瑟認爲：「讀者的作用根據歷史和個人的不同情況可以不同方式來完成，這一事實本身就說明，文本的結構允許有不同的完成方式。」（頁四四四）這種主體論賞鑑方式至此獲得新的肯定，新的解釋，改變了自新批評以來漠視中國文論的偏見。難怪主體論以及由此理論發展而成的實際批評近年大爲流行。其意義有：一相應於改革開放所帶來的多元文化時空，二是習套與成規的質疑，威權體制的動搖，引生多元意義的主體認可價值。

當然，主體與多元的論調也有令人難解的問題，諸如：多元後之標準何在？主體靠什麼條件，什麼標準認定某種意義？什麼因素改變了主體？以及主體形成的意義過程能否清晰地加以檢證？還有主體形成的策略是那些？主體閱讀程度與感受能力的分級？等等問題乃是進一步瞭解古代理論與賞鑑方式的關鍵所在。

可惜這些問題不易解決，目前也未見有這方面的可觀論述。

八、從多元論到系統論

主體論批評之用心在對於多元與多義做出決斷性的判準，對歷史積澱與舊解釋的重新看法。因此，主體之敵不是客體，之敵是多元之附着於客體的價值、觀念與解釋。主體要攻克這個主體之外的另一主體，但又必須在攻克之後，形塑另一個新的主體，回到主體，並且，也回到主體串連互環而成的多元客體。多半情形，主體藉以進入多元客體之途徑即在破解、顚覆、質疑，與重構。但一旦新的重構完成，以及這種重構之過程中，並非表示重構主體反對多元，而是爲了多元之更富於多元，主體重構會暫時地運用策略完成破解之目的。重構之希望全寄託在策略之佳善，破解質疑是人人都喊得出的，只在利祿威權體制與敢不敢之區別罷了。趙沛霖寫的《興的源起》展示了有別於西方理論的另一種破解之道：科際整合。即從宗教藝術、宗教觀念本質上的考量，尋找興體與興象本質之起源，運用生物學研究類似一種叫發生學的研究方法，重構《詩經》興體的解釋，破解很多毛傳鄭箋的方法，但其破解之新義又不同於歷史上反毛反鄭的那一套。當然，其間也有可能與前人暗合之處，所以，其新義也有許多是同意、協調或者再認的意義認可。當他從宗教之原始神話虛象之觀念去解釋《詩經·麟之趾》一詩的麟字之義時，先前假設的決定條件在於麟字詞義的歷史延展必然有等級與時間順序左右之。換句話說，麟的意思絕不能按照一般興體去解，以爲它只提供「先言它物以引起所詠之詞」，因爲這個它物非一般可見可觸之具象，而是一種原始宗教透過祭儀所塑成的符號，有着宗教信仰的祥瑞觀念，在此階層的麟字完全是宗教色彩的，非關毛傳朱傳所瞭解的仁厚以比君子之興體義。麟是從宗教立場出發的祥瑞觀念，以預示公子諸侯之後代興隆強盛，國祚長久不衰，所以〈麟之趾〉這首詩正是以超自然的麟之神奇形象所體現的嘉慶禎祥的宗教意義。這樣的發生學解釋途徑，我以爲其用心在於詞義的史源探索。其重點非在發生學的原始起點，而在發生學的「發展」基點上。就發生學的本意：起點、創生、階層，三方面來看，這樣的研究頂多是在提供旁助省參之功能。原因是其研究亦不能回答麟字之始於何時，確立於何階層。且一字詞之始義並不能阻斷其歷史延展過程中經過「作手」的創生過程，賦予豐富多義的可能。因之就可檢證實驗的生物學之發生學，確實可藉數據與量表跟精細分析呈現發生學的完整結構，然而人文科學以「思維」、「創發」、「詮釋」爲主要性質的行爲活動，發生學顯然難逃「謬誤始源」的判斷（雷蒙·威廉，一九七六，頁二六）。再說，趙著定位此詩於宗教層次上，以宗教始源圈住麟字字義，是否犧牲了作者（詩人）在選用麟象以比興振振公子時作者獨特具有創發性質的「私秘義」呢？是否硬要以宗教義去限定作者之意圖呢？問到此地，實已山窮水盡，吾人今日詮解古籍古事，勢不能起古人於地下，叩而就問之。然則意圖謬誤終究是一種必要了。因之，不如把一切詮釋皆定位於詮釋之主體。如此一來，與其盡信古說，臚列衆義，墨泥舊解，美其名曰整理資料，保存傳統，不如對應於這些資料傳統勇於開啓生命對話之契機，敢於施展對話之策略。即如趙著之勉強地拿生物學方法之發生學探源以從事人文思維之研究，也就可拭目以樂觀其變了。

其實，仿類趙著之特色，近年大陸中文界確有不少援引自然科學之方法以闡釋古典。比較有名的，譬如從系統論引伸的系統美學、系統文化論、文藝系統論、系統詮釋等等[8]，基本上乃是有意摒除過去單向片面的切斷研究，要從整體相關各因素、各成份、各學科的考察，綜合研究成廣義上的系統宏觀，近年宏觀幾幾乎與微觀並列爲一種研究路向的表態。的確，系統整體論相對於支微末節，瑣碎細亂的技術面、作用面之局限，它是滿偉壯的召喚。但是系統論宏觀之形成，也要意識到其方法策略上做爲一種「研究觀念」、「研究預期」之理想成份，實在大於宏觀本身的宏視層面。很忌諱的是，一心一意要就文化系統結構理出一種宏觀的判準，提出中國文化中所謂的「超穩定結構」，是否卽表示這種結構經得起檢證、分析。還有，是什麼樣的因素組成可以使這種結構存在？誠如前面所提示過的文化因素富於抽象性、意念性、變動性之特質。文化之系統非比尋常之身體系統、社會系統、經濟系統、生物系統。但也別太武斷，以爲文化系統必然不適應結構分析。困難的是，系統之下的次系統或次次次系統……吾人該不該承認？或者承認之後吾人之去取選擇又如何？這種去取標準又如何透過詮釋者彼此共同的再認？這些問題不易作答，思此之目的，無非在重估所謂系統論者之用心，其實也是在藉用科際整合的策略獲得更多、更豐富的文化訊息，就學術的長期研究發展來看，應該鼓勵，值得提倡。不過目前大陸中文學界在系統論文化文學研究上，多半在文化系統的發現、解釋、重估諸方面上發揮，對於系統的新建構，則有待加強。新系統與舊系統的互動關係以及偏離溢出於系統間之「變相」描述，也做得不夠。不過，如果能客觀體會大陸學界近年研究古典文學與古代文化流行「宏觀」角度，那麼同情與期待有必要，不能率爾否定批判，因爲與其墨守成規，無寧趨新冒險。錯誤可以修正，如果連錯誤的機會與可能都沒有，何來修正與反思？

九、結　語

本文採用述評的方式，平面地論列大陸自八十年代開始的古典文學著作，輔以辯證，參以比較，提供古典文學研究的反省。其中以方法與策略的討論側重較多，明顯地看出大陸學界在這方面求新、求突破的用心，在鑑賞的方法中，延續古代詩話、詞話、文話的精神，加強主體意義，讓讀者介入文學作品的追尋過程。在西方理論的方法運用中，大陸學界相當投入，並且還伸展到不同學科領域的整合，於是而有紛亂名目，雜搬亂用的情形，用「新」與「大膽」描述這種風氣最恰當不過了。然而總的衡量，在如此多元化與多樣化的呼聲中，做爲當代的流行思潮，大陸中文界確實肯邁開步伐，趕上熱潮，避免停留在觀望的層次，導致不瞭解西方而產生排斥心態。唯有在實驗與嘗試過程中，才能吸收經驗，提供反省，才會有新與突破的可能。大陸中文學界的作法，依本文的分析討論，大部份值得肯定。留下的問題，可以引述黃育海爲李慶西《文學的當代性》一書寫的序中一段話，來做爲思考的起頭，並做爲本文的結束，他說：

近來，慶西倒是着實為基礎理論建設問題而感到困擾。他認為，新時期文學批評儘管取得了歷史性的成就，現在却逐漸開始陷入理論武器的老化、匱乏和未能實現新的系統化的困境。而一些新的觀念和新的命題又亟需融合和昇華為新的理論規範。他迫切期望着能够綜合各種新的審美關係的基礎理論著作的出現。或許這正是他今後工作的一個起點。

附註

❶ 就筆者嘗寓目過的雜誌期刊討論大陸學術的多偏向現代文學、哲學、文化思潮，以及社會科學方面。例如《中國論壇》第三一九期「海峽兩岸社會文化變遷」專集；又二四一期「海峽兩岸學術研究的發展」專集，以及二九五期、三〇二期、三一一期、三二四期等皆有相關專論。另外《國文天地》三七期有「突破大陸學術資料流通的禁忌」專輯，算是對大陸的中國古典文學研究資訊討論最多的一次專刊。其它有關大陸比較文學的討論，除了李達三的一份目錄索引之外，亦少見有論述者。

❷ 像蒲安迪、王靖宇等早先用形式主義或新批評重新解釋小說評點；又黃維樑檢討詩話、詞話的印象式批評，顏元叔與葉嘉瑩的爭論歷史主義或印象主義，還有夏志清跟顏元叔的討論詩話功能，以及單德興重新援引讀者反應理論解釋《紅樓夢》脂硯齋評點批語的價值。參單德興〈小說評點與接受美學〉一文(單德興，一九八七)，與王靖宇〈怎樣閱讀中國敘事文〉(王靖宇，一九九一)。

❸ 有關閱讀過程的描述，這裏轉引王靖宇〈怎樣閱讀中國敘事文〉一文中翻譯德國接受美學大師渥夫崗・以色的一段文字以資參考，他說：「我們前看，我們回顧，我們決定，我們改變我們的決定，我們有所期待，當我們的期待沒有實現時我們吃驚，我們提出問題，我們沉思，我們接受，我們排除，這就是充滿活力的再創作過程。」這段描述重點在強調閱讀進行中質疑與否定的作用。而否定可以說是閱讀領會的原動力。這點在以色於一九八九年對韓國漢陽大學的一篇演講稿〈讀者反應批評的回顧〉一文中再次加以強調(參單德興，一九九一，頁八五～一〇〇)。

❹ 論者每輕視賞鑑之作，我猜是受了賞鑑系列著作都冠以辭典之名，讓人直覺是笨功夫之下的工具書而已。殊不知此類賞鑑大不同一般辭書。因為其編輯旨趣不惟在幫助讀者欣賞，而且也兼有作

❺

比較研究之意（見《全唐詩精華分類鑑賞辭典》金啓華的序言）。究其實，鑑賞文字有很多是精彩之作，直可視爲實際批評的範作。目前有出於衆家之手的滙集本，如唐圭璋《唐宋詞鑑賞詞典》滙集一百六十位作者。又有全書只由一人寫成的，如前揭金啓華序書，全出自潘百齊，而且重作全唐詩分類，寫了五百篇鑑賞文字，更令人驚嘆者，其鑑賞文字分別用詩歌、散文、小說、話劇、電影文學劇本、論文等六十六種形和文體。並介紹了三十二種鑑賞方法。有些鑑賞幾乎是改寫，乃至再創作，充分看出現代的觀點與現代人的詮釋情境。而不管衆手或一家，鑑賞文字中經常可見作者採用古人詩話、詞話，重新印證，可知鑑賞文字是對古人的一次閱讀回應，而讀鑑賞的人又雙重地對兩種做第二次回應。無論贊成或否定、妥協，已足供一趟靈魂在傑作中尋幽訪勝之趣了。譬如唐圭璋書有一篇韓經太寫的鑑賞晏幾道〈阮郎歸〉詞即是佳作。另外在古文的鑑賞也做到詳略互補，並廣泛採用古代文話，配合閱讀主體的感受與結構段落的分析。如《古文觀止、續古文觀止鑑賞辭典》一書。注釋因前人已詳故多略，沒有白譯，接下的賞析是全書重心。這種以意識型態掛帥，依政治爲主導的學術風氣，有時候流於形式化，予人「身不由己」之感，以致在論述過程中硬挿入「馬列主義」、「毛澤東思想」、「唯物觀點」等等詞彙，形同夾槓性質。我以爲這是論述言談的現象，特別要注意它的「有名無實」把戲，持平地看不是夾槓的其它文字，則仍可觀摩大陸學界的眞正研究進路。在劉建國《文學社會理性研究》一書中有一篇報導大陸唐詩討論會的文章，明顯地看到這種夾槓性質的政治論述。他首先報導唐詩研究方法有縱橫比較、中外比較、新舊比較，相當提倡借鑑外國的東西，並提醒不能盲目硬套亂搬，建立基本的研究態度，卽所有唐詩研究的目的都要和古爲今用聯系起來，換句話說，用現代觀點研究，並且也以現代啓示爲歸。光看這一層毫無異議，可是話鋒一轉，馬上說：「我們只有以馬列主義、毛澤東思想爲指導，堅持歷史唯物主義原則，運用辯證法去研究唐詩，才能繼續解放思想，在深度和廣度上有所突破。」（劉建國，一九八八，頁一七七）如此云云，令人有風馬牛之感，類似情形屢見，學術與政治意識型態之正反關係，仍然是大陸學界嚴重的焦慮。其實，不夾槓政治態度，本可以清澈明心的，如李慶西《文學的當代性》一書（李慶西，一九八八）。

❻ 臺灣比較文學界有三篇討論反省比較文學方法應用中國文學研究上的境及其難以克服的問題，受到學術界廣泛注意，分別是葉維廉〈東西比較文學中模子的應用〉（《中外文學》四卷三期），袁鶴翔〈中西比較文學定義的探討〉（《中外文學》四卷三期），〈他山之石：比較文學方法、批評與中國文學研究〉（《中外文學》五卷八期），及蘇其康〈中西比較文學的內省〉（《中外文學》十三卷八期）。這兩年特別對「中國學派」有熱門而又爭議的討論，分別見於孫筑瑾作，劉介民譯〈中西比較文學中的近視與遠視〉（《中外文學》十八卷七期），陳鵬翔〈建立比較文學中國學派的理論和步驟〉（《中外文學》十九卷一期）以及 Haun Saussy〈從比較文學中國學派談起〉（《中外文學》十九卷九期。又陳鵬翔針對上文做了回應，即〈誰沒有資格建立比較文學中國學派〉一文，刊《中外文學》十九卷十二期。

❼ 主體論目前主要施於文學批評的討論，探討文學作品意義生成的過程，意義發生的主體，如王一川（一九八八），特別是第五章第八節。又陳輝東（一九八八）把主體論擺到更大範圍的藝術面去談，探討藝術創造主體的構成因素。進行哲學上的主體、客體思考的則有李德順（一九八七），尤其第六章、第七章論述價值與主體的關係。同類之作還有單少杰（一九八九），以及俞建章、葉舒憲合著(一九九〇)，後者的第七章還提出對話的觀念，以爲主體、客體二者間的符號應用。然而眞正將主體論引進中國古典文學的討論者，主要散見於雜誌期刊的單篇論文，專著則有遠志明（一九八七），主要是談先秦諸子的「非主體性價值自我」，另外九歌（一九八九），尤其第八章專門談「中國古代文論中的主體活動論」。

❽ 系統論之外，其它借用自然學科的策略，根據李慶西《文學的當代性》介紹，在〈文體也是方法〉這篇文章中說「玩點兒動力學和熱力學，熵和負熵，坐標與矩陣。詩和數學三百年前就是

一家」云云（李慶西，一九八八，頁一六五），可見一斑。臺灣前一陣子也曾流行過「熵理論」，參見牟中原〈熵——自然秩序的衡量〉一文（牟中原，一九八九，頁九～頁二六）。自然科學與人文社會科學在這一次裏整合最多。

引用參考書目

康正果，一九九一，《風騷與艷情》，臺北：雲龍出版社。

唐圭璋，一九九一，《唐宋詞鑑賞詞典》。臺北：新地文學出版社。

渥夫岡・以色，單德興（譯），一九九一，〈讀者反應批評的回顧〉，刋於《中外文學》十九卷十二期。臺北：中外文學月刋社。

王靖宇，一九九一，〈怎樣閱讀中國敍事文〉，在「中國文哲研究的展望學術研討會」會議論文。臺北：中央研究院中國文哲研究所籌備處。

關永禮（主編），一九九〇，《古文觀止、續古文觀止鑑賞辭典》。上海：上海同濟大學出版社。

張高寬等，一九九〇，《宋詞大辭典》。瀋陽：遼寧人民出版社。

張靜二，一九九〇，〈從結構主義與記號學論律詩的張力〉，刋於《中外文學》十八卷八期。臺北：中外文學月刋社。

郁賢皓（主編），一九九〇，《古詩文鑑賞入門》。臺北：新地文學出版社。

牟中原，一九八九，〈熵——自然秩序的衡量〉，刋於《臺大評論》一九八九春季號。臺北：牛頓出版股份有限公司。

九歌，一九八九，《主體論文藝學》。北京：中國社會科學出版社。

單少杰，一九八九，《主客體理論批判》。北京：中國人民大學出版社。

趙沛霖，一九八九，《興的源起——歷史積澱與詩歌藝術》，臺北：明鏡文化事業有限公司。

孫琴安，一九八九，《唐七律詩精評》。上海：上海社會科學院出版社。

王洪（主編），一九八九，《古代詩歌精粹鑑賞辭典》。北京：北京燕山出版社。
潘百齊，一九八九，《全唐詩精華分類鑑賞集成》。南京：河海大學出版社。
李慶西，一九八八，《文學的當代性》。北京：人民文學出版社。
劉建國，一九八八，《文學社會理性研究》。西安：陝西人民出版社。
施蟄存，一九八八，《唐詩百話》。上海：上海古籍出版社。
朱輝軍，一九八八，《藝術創造主體論》。瀋陽：遼寧教育出版社。
王一川，一九八八，《意義的瞬間生成》。濟南：山東文藝出版社。
蔡鎭楚，一九八八，《中國詩話史》。長沙：湖南文藝出版社。
杜黎均，一九八八，《二十四詩品譯注評析》。北京：北京出版社。
王彬（主編），一九八七，《古代散文鑑賞辭典》。北京：農村讀物出版社。
李德順，一九八七，《價值論》。北京：中國人民大學出版社。
單德興，一九八七，〈小說評點與接受美學〉，刊於《政治大學學報》五十五期。臺北：國立政治大學。
北京大學比較文學研究所，中國比較文學年鑑編委會（編），一九八七，《中國比較文學年鑑》。北平：北京大學出版社。
葉葱奇，一九八七，《李商隱詩集疏注》。臺北：里仁書局。
遠志明，一九八七，《沉重的主體》。北京：人民出版社。
俞建章、葉舒憲，一九九〇，《符號：語言與藝術》。臺北：久大文化股份有限公司。
周策縱，《論王國維人間詞》，出版年月地不詳。
滕咸惠（校注），一九八七，《人間詞話新注》。臺北：里仁書局。
張夢機，一九八六，《讀杜新箋》。臺北：漢光文化事業股份有限公司。

夏松凉，一九八六，《杜詩鑑賞》。瀋陽：遼寧教育出版社。

廖炳惠，一九八五，《解構批評論集》。臺北：東大圖書股份有限公司。

蕭滌非等，一九八三，《唐詩鑑賞辭典》。上海：上海辭書出版社。

編輯委員會，一九八一與一九八二，《中國文學研究年鑑》。北京：中國社會科學出版社。

布魯姆、哈絡，一九八〇，《誤讀藍圖》。倫敦：牛津大學出版社。

——，一九七五，《影響焦慮》。倫敦：牛津大學出版社。

雷蒙·威廉斯，一九七六，《文化與社會學詞彙》。紐約：牛津大學出版社。

中國文學史中的民族關係問題之探討

莊萬壽
師範大學國文系教授

中國文學史是中國文化史中一門敍述文學演變的學科。通常文化史的論著，作者都會就該社會的文化特質，再依自己的理論與方法，有系統的給連綴起來。馬克思主義者向來以唯物史觀、階級鬪爭論來穿透所有社會文化的現象。他們認爲人類各民族文化的發展，主要是賴階級矛盾的推動、其次則爲民族矛盾。中共學者在處理中國文學史都是以階級矛盾爲架構的，然而對處理民族關係時，不是因缺乏史學能力而加以忽略，就是因政治的顧慮而不能自圓其說。中共爲自身利益的考量，而曲解馬、列本來有的民族政策，而把古代各民族關係視爲國內問題，以致難以解釋富有民族情感的文學作品。因此，大多的「中國文學史」之作，還是傾向於大漢族主義，違反了共黨中國的民族政策。本文便是全面探討與檢驗中共的民族政策在中國文學史中的作用與困境。除了著重顯露中國文學史中不被注意的一些民族關係問題外，也希望能指出文學史也能走向實錄史學的方向。

上篇　中國文學史與民族政策

一、中共的民族政策

世界各民族的文學是在一定的時空座標中，由各民族依自己的文化背景而發展起來的。因此，民族及其文化，是決定文學的主要因素。中國有五十幾個民族，那麼一部中國文學史，理論上是包括多族多語的文學記錄。

共黨中國對中國文學史的詮釋，當然是依其馬克思主義的文化政策而來❶，即文學是爲工農兵無產者服務的，必須與生產勞動相結合。早在三十年代起，左翼史學者就開始用馬克思歷史唯物主義來解釋中國歷史，例如郭沫若、呂振羽、翦伯贊、范文瀾等人，他們正也是在共黨政府成立後，進一步用馬、恩、列寧、甚至史、毛爲教條，重新造改中國歷史及歷史教育的重要人物❷。

歷史唯物主義，認爲社會發展的基本矛盾是階級矛盾，其他還有一些次要的矛盾，如民族矛盾，在中共的中國文學史中，隨時可見對作家與作品的階級分析。至於作家、作品所涉及的民族關係，基本上也是要依據中共的民族政策。

現在來談中共的民族政策及措施。一九四九年以來的幾次憲法都宣稱：中國是多民族的國家，各民族一律平等，反對大民族主義和地方民族主義。易言之，即指反對漢族沙文主義、與少數民族的分離主義。並又明稱：實行各民族地方自治。現所知省級自治區五個、縣級有自治州、自治縣、自治旗共一百多個，而且明文說：各民族都有使用本族固有語言、文字的自由。在五、六〇年代中共用拉丁字母爲十一個沒有文字的少數民族創造十五種的新文字。一九五五年的壯族文字，一九五八年的侗族文字。並改掉漢族把少數民族蟲獸化的族名，或讓他們自取族名❸。諸如此類的民族政策比之於中國歷代統治政權，雖可謂空前創舉，然而中央猶是封閉性的漢族政權，少數民族缺少眞正的自治權，所謂的自治區都是極薄弱的，主僕的關係，依然存在。在世界民主潮流的激盪下，中共是很難消弭少數民族日益高漲的民族自決意識。

這個民族政策，只是宣示種族平等的觀念而已，對於解釋中國古代複雜的民族關係，並無幫助。五〇年代起，由思想改造的需要，中國史學界掀起對中國歷史基本理論架構與立場的熱烈討論，包括中國古代史分期問題、封建土地所有制形式問題、封建社會農民戰爭問題、資本主義萌芽問題、漢民族形成與民族關係問題。共五個問題，被稱爲「五朵金花」❹。

二、中共學者對民族關係諸問題的討論

其中第五個問題「漢民族形成與民族關係問題」就是與我所要談的中國文學史中的民族關係有密切的關連。現在分別摘要的說明：

㈠漢民族形成問題：

范文瀾依史大林「民族形成的四個特徵」及中國古籍如《中庸》「今天下車同軌、書同文」等資料，認爲秦漢起，中國卽爲統一的國家，而漢族已初步具備爲一個經濟的共同體。但宦顯等人認爲當時尚未達到這個條件。

㈡古代民族的關係：

①歷史上的中國及其疆域：

范文瀾、呂振羽、翁獨健、翦伯贊等主流學者認爲今日中國疆域內的民族及消失的民族都是中國歷史的成員。翦伯贊更清楚的說：「不要把漢族以外的各民族作爲外國人對待，凡生存和活動於今日中國領士以內的古代各民族，應該承認他們都是中國人。」❺但孫作民則認爲當時的非漢族的民族及王朝，還是外族或外國。

②民族關係的主流：

翦伯贊、呂振羽認爲各族的友好合作是民族關係的主流，但也有人認爲民族壓迫才是主流。

③民族戰爭的性質：

呂振羽認爲中國境內在古代各族戰爭是國內性戰爭，不帶有侵略與反侵略性質。孫祚民認爲敵對的民族、國家之間的戰爭，必然有侵略與反侵略性質。

④民族融合與民族同化：

翦伯贊承認中國歷史上的階級社會只有同化沒有融合，同化是大的生產力高的民族迫使小的低的民族消失其民族特點，變成大民族的一部分。呂振羽、范文瀾則民族同化與融合兩者並存。

⑤民族和親：

翦伯贊認爲和親可以取得民族之間的和解，比戰爭好得多。范文瀾以爲和親只換取邊境的暫時安寧❻。

三、中共對民族關係的準則及其矛盾

以上的討論，好像沒有結論，但正面提出問題的多爲配合中共黨意的理論，都爲共黨在學術界知名的領導人物，正面的理論不論是否可行、是否能自圓其說，畢竟成爲中共詮釋歷史上民族關係的準則。八十年代譚其驤主編的《中國歷史地圖集》便是依據這個精神來編製的。

這個準則的主要設計者，是黨、政、學三棲的翦伯贊與呂振羽。翦伯贊（一八九八——一九六八）爲已漢化的維吾爾人，世居湖南桃源縣，一九五二年爲北大歷史系主任，曾對許多中國歷史問題作了原則性的詮釋，一九六一年高教部推展大專文科教學與教材的馬列化，他是主要負責人❼。呂振羽（一九〇〇——一九八〇），湖南武岡人，曾祖母是瑤族，早年從事黨政活動，後任東北大學校長，一九六〇年任教中共高級黨校，發表了強調國家、民族團結和民族關係的論文，被視爲是權威之作❽。

基於現時少數民族與漢族矛盾之存在事實，翦、呂兩人都利用階級矛盾來化解民族矛盾。翦伯贊說：「民族矛盾，實際上是階級矛盾在民族關係方面的表現形式。……只要有壓迫民族和被壓迫民族的存在，就有民族矛盾存在。」❾呂振羽說：「佔統治地位的民族的統治階級爲中心的統治階級和各民族人民間的矛盾是主要的矛盾。」意思是說統治民族的王朝與被統治民族的矛盾是階級矛盾，不是民族矛盾，而統治民族的人民與被統治民族人民的關係才「是民族關係的主流，他們之間，本質上不存在着壓迫、剝削、特權和不平等的關係……也不斷發展這種團結、友愛、互助和合作」。這番不符歷史事實的話，呂振羽的目的是要達成「毛澤東同志有一個一貫的、最基本的思想，就是在共產黨的領導下，聯合與團結全國各民族共同進行革命鬬爭，建立統一的祖國大家庭」⑩。翦、呂兩人無視於歷史上各民族的戰爭、殺戮、敵對、和征服，像一部中國文學史中，凡是涉及兩族關係的，無不是戰爭的詩篇。他們企圖用階級矛盾來取代民族矛盾。

文革時，翦、呂都被鬬爭，翦被害死。一九八○年孫祚民再度著文重申「剝削階級治下的各民族和各國家間，根本不存在和平共處、平等聯合」，「中國歷史上，作爲敵對的民族或國家間經常進行殘酷的鬬爭，我們不能否認他們當時是敵對的民族或國家。」⑪

從共黨世界的教條看，馬克思共黨宣言是認爲「民族內部的階級對立一消失，民族之間的敵對關係就會隨之消失」，也就是說過去歷史上有統治民族的統治階級存在，民族壓迫就不可能消失。中國幾千年的歷史，事實就是民族壓迫的血淚史。

而且中共訴諸中華民族之情，和國家、祖國之義，以行其攏絡控制之實。這也與馬克思主義相互鑿枘，馬克思主義反對民族主義和國家，認同的只是階級。一八七八年馬克思提出被壓迫民族有民族自決之權，一九一四年列寧稱：「所謂民族自決，就是民族脫離異族集體的國家，成立獨立的民族國家。」（〈論民族自決權〉）。至於馬克思主義者對馬克思詮釋國家的看法是：

國家形成的先決條件是私有制的建立和社會分成對立的階級。統治階級把國家作為一種政治工具，使之為本階級的利益服務。任何階級必需佔有國家而成為統治階級，並使政權卽軍隊、警察、司法、立法等置於自己的支配之下。統治階級的特殊利益由於受到國家的保護，因此就僞稱是普遍的利益。……國家就這樣取得了為一切人所公有的普遍利益的代表者的騙人的外觀。⑫

統治階級以國家之名造虐，而「無產階級在取得國家政權後」，恩格斯的〈反杜林論〉說是要：「消滅一切階級差別和階級對立，也消滅了作爲國家的國家。」「也就不再需要國家這種特殊的鎮壓力量了。」所以國家是無產者要使它消滅的東西，絕不是要標榜的圖騰。問題是中共是否爲吉拉斯（Djilas M.）所說的「新階級」？

所以中共官方解釋歷史上民族關係的準則，是不符合史實的，放到中國文學史中也是說不通的，下面還會就文學發展的具體現象來談論。至於不合馬克思的教條，也不必再置一喙了。

四、從民族關係看中國文學史範疇與作品的區劃

中國是多民族的國家，也是中共憲法所揭櫫的條文，站在多族多語及各族平等的立場，值得來重新界定中國各族文學史範圍的區劃及各族作品的識別。

㈠中國各族文學史範疇的區劃

中國既是多族多語的國家，一本號稱「中國文學史」的著作，應該並陳中國各族自古以來的文學發展史，中國大陸是種族問題敏感性較高的地區，像北京話不敢叫「國語」而叫普通話一樣就是一例。但他們所出的「中國文學史」據所知還是指漢族漢語的文學史，從未見包括多族的文學史。這實在也是因爲各族文學與語文歧異甚大，殊少相交叉之處，如果各族文學史自成首尾，匯成一冊，或頂多以比較文學史來處理，那麼這樣的文學史，實在沒有意

義。

中共對少數民族的文化研究與保留，頗爲用心。對各族文學作品的採集與敍述，塡補了文學史的空白。連一些沒有文字而且尚保留在比較原始羣的民族，也不例外。如一九八六年出版的《中國大百科全書》的〈中國文學〉，就分別收有介紹五十幾族文學的詞條。在文學史方面，除有傳統文字的大民族有本族文字的文學史外，許多民族如白族、瑤族、彝族等族都有漢字的文學史。如果照這個例子，那麼現在的中國文學史應該縮小爲中國漢族文學史。

㈡文學史料的作品種族識別

要是「中國文學史」稱爲「漢族文學史」，當然漢籍文學史料中非漢族的作品就得挑出。如《樂府詩集》中的「梁鼓角橫吹曲」前大半部的二十一曲、六十多首可能多爲北朝非漢族所作的歌謠。依郭茂倩注引陳釋智匠《古今樂錄》和《唐書・樂志》的資料，可知：〈企喻歌〉……「男兒可憐蟲」一曲是氐族苻堅之弟苻融詩，〈琅琊王歌辭〉爲詠後羌族廣平公，〈慕容垂歌辭〉爲鮮卑族歌[13]。

還有如「相和歌辭」的〈箜篌引〉即著名的「公無渡河，公竟渡河，墮河而死，將奈公何」，是朝鮮渡頭船夫霍里子高之妻麗玉所作。

當然，對於是否爲非漢族或爲某族的作品之識別十分困難。漢字作品可能是由漢人所錄、再創作，也可能非漢族作者就是用漢字書寫，不屬於中國的朝鮮人、越南人，一、兩千年也都是用漢字寫作的。現中國境內的古代諸族不在漢族統治時也可能用漢字著作，而被漢籍收入。這些都不能算是漢族的作品。如果不論種族，但收漢字作品，那麼應稱爲「中國漢文學史」。

下篇　中國文學史中有關民族關係之探討

現在就中國文學史中涉及每一個時代的民族關係和中共文學史學者所持立場、見解，全面的舉證討論。中共的資料，以游國恩等主編的《中國文學史》四册（一九六三年北京人民出版社初版）爲主，以及與此書相配合的《中國文學史綱要》四本（全國中央廣播電視大學中國文學史教科書，北京大學出版）與其他有關文學史之作。前者稱「游本」，後者稱「綱要本」。

一、遠古、殷周時代

殷商、兩周時代，在長江黃河流域，種族可能以百、千計。唯大致可歸納爲三個民族集團：黃河上、中游的華夏集團，黃河下游、淮水的東夷集團、長江流域的苗蠻集團。周初華夏集團征服了東夷，控制了苗蠻。華夏爲中原地帶，稱爲中國。兩周時，各集團的統治民族中的統治者雖然也使用早期的漢字（卽鐘鼎文，各國字形略有不同），但各集團各族語言多爲不同。中國考古人類學相當有進展，但文學史者卻缺乏多元種族與文化的觀念，不能把先秦文學史料作種族的識別。

如后羿，是東夷的部族首領，黃帝是華夏的首領，蚩尤是苗蠻的首領。而屬華夏的文書——《尚書・呂刑》、《大戴記・三朝記》稱蚩尤是大壞人，但東夷的著述《管子・五行》、《莊子・盜跖》卻稱贊蚩尤，劉邦起事「祠黃帝、祭蚩尤」（《史記・高祖紀》），兩人並重。游本引《龍魚河圖》，然後說：

> 傳說中的蚩尤都是妖怪，而黃帝就像一個降魔大將軍。（二三頁）

按《龍魚河圖》是漢儒的緯書，一說是王莽時的僞作，王莽自稱黃帝之後，攻討翟方進，以喻天意殺蚩尤⑭。則「游本」用漢人所造的神話，抹黑東夷的首領。

至於引《述異記》稱盤古死後化爲四岳、日月、江海、草木的神話（游本二三頁）。《述異記》是晚到南齊時祖冲之的筆記，而且盤古是苗蠻集團的祖先——犬圖騰，至今猶是南方畲族、瑤族所隆重祭拜的祖神，大概是東漢末年把這個神話北傳至漢族社會中⑮。這個神話既不是中國上古文學的神話，亦不宜放在漢族文學史中，所以一九八二年出版的《瑤族文學史》（黃書光、劉保元等六人著，廣西人民出版社）便理所當然的敍說了這個神話。

還有著名的〈越人歌〉（余冠英《中國文學史》第一册九六頁）是戰國中葉楚王母弟鄂君子晳泛舟河中，船夫越人以越語唱的歌，《說苑・善說篇》用三十二個漢字來記錄，除虛字外全用諧聲字，情形跟日本《萬葉集》一樣。這首詩是：

> 濫兮，抃草濫予，昌枑澤予，昌州州䭡州焉乎，秦胥胥縵予乎，昭澶秦踰滲惿隨河湖。

子晳聽不懂，有人用楚語譯出：「今夕何夕兮，搴洲中流。今日何日兮，得與王子同舟。蒙羞被好兮，不訾詬恥，心幾頑而不絕兮，得知王子。山有木兮，心悅君兮君不知。」這一首文情並茂的好詩的原作，據近時的研究是屬於今日壯侗語族。語法、詞彙結構與廣西壯族語言相近。那麼這一首詩是用漢字諧聲的第一首壯族的歌謠⑯。

楚辭與詩經是上古文學的雙璧，但楚辭的那種濃豔的巫風，悲愴的激情，惟江、漢的苗蠻民族有之。強秦所侵略之國，何止荆楚？愛國詩人之名，爲何千古只有屈原一人當之？這些問題，向來少有人探其原委。楚是南方苗蠻數十國的統治民族，苗蠻與東夷是華夏集團長期所侵凌的民族羣，楚是唯一有能力代表這兩個集團能抗拒華夏諸國的政權。因此從周初起便不斷遭到北方武力的攻擊或圍剿。北方諸國爲周之封國，基本上矛盾是屬於內部的，可是與楚卻是敵我的矛盾。楚根本不認同周天子，西周末楚王熊渠說：「我蠻夷也，不與中國之號謚。」⑰到戰國孟子之時，孟子猶罵楚人爲南蠻鴃舌之人，與北方中國不同⑱。楚國民族精神特別強烈，楚國公室的忠君愛國事蹟甚多，將帥若兵敗多引咎自殺，即使貴爲公子、令尹、司馬，很少諉過偷生，楚武王命兒子屈瑕伐羅，屈瑕兵敗自縊。晉、宋、齊與楚戰於城濮，楚敗，楚成王派人向主帥子玉說：「你如回國，對死傷者父老如何交代？」子玉即自縊，子玉子子西亦自殺。這個精神，楚學者稱爲「念祖、愛國、忠君」⑲。從這樣的社會背景，來看屈原憂國而自殺就不會顯得特別突兀了。而楚辭所以能傳世，也與劉邦的楚集團打天下有關。

兩漢四百年，逐漸使楚文化與華夏相融合，但部分的苗蠻民族，繼續的在南方的山區，以農獵孳生，不幸的扮演被漢族征伐、凌辱的悲劇角色；這與北方驃悍的騎馬民族成爲漢族的掠奪者，正好命運乖異，南北殊轍。

二、漢魏六朝時代

漢代文學史中所敍述的外族，主要來自北方大漢的匈奴，匈奴也是漢族歷史上首先面對的最強勁的對手。兩個民族的關係，是無數戰爭之環的連串，所有漢人寫與匈奴相關的詩文，也是以戰爭爲主題，他們對匈奴是敵對的，對戰爭是厭惡的。我們找不出翦伯贊、呂振羽所說的和諧是民族關係的主流。當時中國是漢朝，是中原，匈奴南下牧馬是侵略，漢軍的反擊是反侵略，但撈過界也是侵略。不過在沒有互信的關係下，衝突不絕，孰爲侵略，孰又爲反侵略呢？匈奴畢竟是異族，爲突厥族，操阿爾泰語，西漢時主要版圖，在今蒙古人民共和國，對中共言，始終根本是外族，東漢時南匈奴內附，但北匈奴西移至歐洲，部分成了今匈牙利人的祖先之一。內附的雖同化於漢族，但這個民族在活躍的歷史時期內，是獨立的民族，獨立的國家，絕不是中共官方所一廂情願的說匈奴也是中國人。難怪孫祚民斥爲荒謬⑳。否則也就沒有辦法來解釋與匈奴有關的文學作品了。

「游本」寫「散文家司馬遷」一章中說：

> 《史記》中還寫了一系列的愛國英雄……〈李將軍列傳〉。……『君不見沙場征戰苦，至今猶憶李將軍』，漢代名將李廣……他的保衛祖國邊疆的功績、超凡絕倫的勇敢，以及敵人之喪膽的聲望，是通過太史公的筆深深銘刻在人們心上的。

李廣、司馬遷的祖國，是不包括匈奴的，也跟今天中共所說的「祖國」不同。作者的分

析是正確的。孫祚民正是說：「擔當起抵禦外來侵犯責任的歷史人物就是民族英雄。」㉑

現在談王昭君和親的事，此最早見於《漢書・匈奴傳》，稱漢元帝竟寧元年（西元前三三年）匈奴呼韓邪單于入朝，元帝大送衣帛，並請求和親，爲漢壻，元帝以「後宮良家子王牆字昭君賜單于」，單于卽要求漢軍撤退邊防，幸郎中侯應反對，作罷㉒。《後漢書・南匈奴傳》則說帝賜給包括昭君在內的宮女五人，臨行時元帝才看到昭君之美，捨不得，又不能失信於匈奴，昭君出塞，生二子，呼韓邪單于死，又被迫改嫁繼位的呼韓邪之子（卽子娶父妾），她乃要求回國，元帝拒絕，要她「從胡俗」再嫁㉓。由史實看，元帝與昭君是沒有感情的。但《西京雜記》扯出畫工毛延壽其人，因不盡責而被殺。

接著元馬致遠的《漢宮秋》雜劇及明陳與郊《昭君出塞》一折短劇、無名氏的《和戎記》傳奇乃渲染爲皇帝與宮女的愛情故事，舖展毛延壽嗾使呼韓邪攻漢索昭君的劇情。這不必細說，但和親是在匈奴鐵騎迫脅下忍辱求全的措施，而王昭君和許許多多被擄掠或被迫和親的漢女一樣，絕不願意「山長水遠，離鄉背井」的，蔡文姬的〈悲憤詩〉，卽可見婦女要承擔更多的時代悲苦。

中共淡化民族矛盾，強調和親的功能，爲撫平西藏的獨立運動，而歌頌文成公主入藏和親。因此，曹禺在晚年，以黨意，重寫現代劇《王昭君》，把昭君扮成爲民族團結的使者，高高興興的嫁給匈奴王當小老婆。

南北朝，北方牧民主義，入主中原。「游本」稱：

> 外族統治者紛紛入侵，西晉王朝覆亡。（二〇〇頁）

的確，五胡是外族，對中國的晉王朝是入侵。五胡文化較低，當時又都沒有本民族文字可以記錄（與匈奴同支的突厥，到七世紀時才在甘、新一帶流行突厥文字），懂漢語又能寫漢詩文的甚少。長於漢詩文者皆臣服的漢族文士。到北魏文帝（鮮卑族）推行漢化，才略爲改觀；但以操阿爾泰語要來作漢語系的漢詩文，是何等的艱難。但「游本」說：

> 北朝文人詩，旣少，又不好，嚴格說，就沒有一個詩人。卽以北魏末年，號稱三才的溫子昇、邢邵、魏收而論……，毫無特色。（二六〇頁）
>
> 在北方，五胡十六國時期，幾乎沒有作家，到了北期才出現了少數詩人。如北魏、北齊的溫子昇……（綱要本二冊八頁）

這完全沒有從不同的民族與文化的不同價值來看，要把操阿爾泰語（與韓國語同語系）的政權要與南方的操漢語的漢族政權來比較漢字文學的優劣，是必須更周延的說明。而北方漢人用漢語寫作，或胡人用漢語寫作，它還是以北朝的政治立場、文化價值爲取向的。像魏收的《魏書》卽強烈爲北朝來批擊南朝政權的。還有〈木蘭辭〉事實也歌頌了北朝的政權。「游本」說：「〈木蘭辭〉大約作於北魏遷都洛陽以後，東、西魏分裂以前，……可能經隋唐文人潤色。」（二六五頁）是可信的。又說：

> 木蘭的英雄形象出現在文學史上是具有不平凡的意義。她是一個勤勞織布的普通姑娘……木蘭有自始至終都不失勞動人民女兒的本色。（二六六頁）

她堅强、勇敢，她不受官爵，願意恢復普通勞動婦女的生活。（綱要本五九頁）

這都是從階級觀點的稱贊，但從不說木蘭愛她北朝的國家、愛北朝的皇帝，她何嘗不珍惜皇帝坐明堂接見功臣的榮耀，也不說木蘭是鮮卑王朝及其民族所歌頌的人物。但有的書，甚至扯到：「木蘭身上，滙聚著中華民族勤勞、善良、機智、勇敢而又淳樸的美德。」㉔讓人肉麻兮兮的漢族八股。如果作品作種族的識別，則〈木蘭辭〉應歸鮮卑族。

魏晉六朝入主中原的少數民族多與漢族同化，但也有如羌族、氐族的嫡系子孫繼續成長下去，而旁系在西北的同語系民族更多。寫漢族漢語文學史可以反映漢人的感情思想，但是涉及各族關係的作品，評論必須公平、客觀。

三、隋、唐

隋唐是胡、漢混血家族建立的政權，隋文帝楊堅娶鮮卑女生煬帝楊廣。唐高祖李淵之母及太宗世民之后，也都是鮮卑族，在朝中百官不少是歸附或漢化的外族人。隋唐版圖廣袤，當然是征服而來，但還是北有突厥，東北有契丹、奚，西方有西突厥與吐番等獨立的民族。唐詩的邊塞詩人就是在記錄與這些民族國家的戰爭、衝突與征伐。詩人愛憎之情，與漢、胡的我敵立場是分明的。

中共的文學史與一九四九年前如劉大杰的《文學發展史》一樣，對漢族詩人的理想與情感都是肯定的。

「游本」：

高適開元廿六年作〈燕歌行〉，……御史大夫張守珪和叛變的奚族作戰，打了一次敗仗，而妄奏克獲之功。從詩的序來看，……和張守珪的事有關係……表現他對戰士們深刻的同情，他熱情地歌頌了戰士們的英勇愛國的精神。（四七頁）

又說：

岑參的詩歌，以慷慨報國的英雄氣概和不畏難苦的樂觀精神……和高適是一致的。（五三頁）

王昌齡的〈從軍行〉，向來被推為邊塞的名作。其中有的詩寫出了戰士愛國的壯志豪情。（五四頁）

這些敍述都強調愛國精神，我們不願再探究受令出征的戰士是否有愛國精神和壯志豪情，也不必去分析「遵循馬克思主義」的《中國文學史》這樣子的說法是否符合馬克思主義，現在我要探究的是王昌齡的〈從軍行〉。

開元二年（七一四年），玄宗下詔親征吐蕃，王晙在洮水大破吐蕃兵。〈從軍行〉詩是：

大漠風塵日色昏，紅旗半卷出轅門。前軍夜戰洮河北，已報生擒吐谷渾。

這是站在漢族的立場來看的，舊時詩人的立場與情感並沒有錯誤。吐谷渾，原指魏晉時遼東鮮卑族慕容單于涉歸的兒子之名，亦用以稱其族人之名。後來吐谷渾移甘肅、青海一帶而被吐蕃所滅，因此這裏以吐谷渾代喻吐蕃，同時主要也爲押韻之便。

這段歷史，依漢籍《資治通鑑》說法：是開元二年五月吐蕃要求唐派解琬到河源訂兩國疆界，然後結盟，但解琬卻認定「吐蕃必陰懷叛計」，要唐屯兵十萬備之，之後，吐蕃派宰相送盟書給唐，八月吐蕃率十萬侵臨洮，唐軍反擊。十月玄宗率十多萬兵親征。敗吐蕃於武街，唐將王晙夜襲大來谷，唐軍「前軍遇敵大呼，後人鳴鼓角以應」。吐蕃自相殺傷，死者萬計，唐軍追到洮水㉕。這正是〈從軍行〉的背景，舊時邊界因猜忌而不免時時衝突，許多衝突的曲直，著實難分，然而與所有漢族帝國一樣，大唐以上邦自居，不臣服、不聽話的邊族，就要征伐懲戒，這也是事實。無論如何，這是漢人歌頌攻打西藏人的詩。雖然反映歷史的眞實，但心中有鬼的中共，如果發現是如此，恐怕是不願意讓它出現在教科書上的吧！

四、宋、遼、金、元時代

中國歷史，漢族的宋朝是繼隋唐五代而立的正統王朝，但實際宋朝幾乎與北方的遼、金乃至西夏並存的，北宋亡於女眞的金朝，南宋亡於蒙古的元朝。

遼、金、夏、元是四個民族建立的王朝，各族都有本族的語言與文字，除西夏的党項人多被同化外，遼、金、元有其後裔的民族存在。遼是契丹人，後裔是今天在東北的達斡爾族，金是女眞族，是今天滿族的祖先。蒙古入主中國後，雖然又被漢人逐回大漠，在中國境內統治結束，但蒙古並未覆亡，尤其今天又成爲聯合國所承認的獨立主權國家，使中共官方詮釋民族關係的準則，格外不能適用。

南宋是中國文學史反 映漢人民族感情最 激盪的時代，這也不是說詩人處 於最痛苦的時代，而是金人並沒有把南宋全部吃掉，讓南方漢人有抒情吐氣的機會，否則像元一樣統統吞下去，詩人也統統的消失。

「遊本」稱張元幹的〈賀新娘〉詞是寫：

> 上半寫出了中原淪陷後的荒涼混亂情景，表現他對侵略者的仇恨和對投降派的憤慨。(三冊六四四頁)
>
> 李綱、岳飛……都不是以詞知名，……他們表現的愛國思想和奮發有為的精神，往往為一般詞家所不及。(六四五頁)

岳飛〈滿江紅〉要「壯志飢餐胡虜肉，笑談渴飲匈奴血。待從頭收拾舊山河，朝天闕」，堅持的是國破家亡的血恨。另一方面看，這也是宋金是族與族、國與國的對立，與清初明遺老的亡國之恨是相同的，金之滅北宋，及其後裔滿清又二度入侵中國，就當時而言，是入侵者。

「綱要本」的「南宋前期文學」一節的標題是「金兵入侵與南宋前期文學的愛國主題」(九三頁)，而「游本」文學史用三十頁分二章來講「愛國詩人陸游」「愛國詞人辛棄疾」之後，說：

> 南宋的亡國是一段極慘痛的歷史……民族英雄文天祥為了挽回亡國命運，寸土血戰……直到戰敗被俘，仍然誓死不屈，卻表現了極為光輝的愛國主義精神。(七〇九頁)

可見中共是極力宣揚愛國主義的，但這個國是漢族的國，不是滿族的國，雖然在漢族的教科書上說的沒錯，但從中共多民族的政策來看，一本名爲「中國文學史」的，是沒有做好調和兩族民族關係的不同立場。當女眞在東北爲中國的附庸受中國欺侮時，他們有沒有詩歌呢？中國文學史只寫漢人被侵略的痛苦，有沒有反映異族被 侵略的痛苦呢？有沒有對侵略者，那種如〈從軍行〉不可一世的氣焰加以譴責呢？

南宋有愛宋國的詩篇，而金國面臨蒙古的迫脅下，也出現了愛金國的詩人元好問。「游本」說：

> 元好問……蒙口滅金前後，他和祖國人民共同遭受到空前的災難，激起了強烈的愛國思想。（七二九頁）
>
> 金亡後，……寫〈雁門道中書所見〉，……它反映了北方中國人民對蒙古統治者的憤懣情緒。（七三〇頁）

這樣敍述的立場還算平實。「游本」在「元代文學」編，強調統治者對人民的鎮壓。

> 在女眞滅北宋，蒙古滅金的過程中，北方中國人民在階級與民族的雙重壓迫之下，先後同金元統治者展開長期的鬭爭，為這些文藝形式的發展，提供了充分的羣衆基礎。（七四八頁）

從元到清時代，中共對歷史逐漸加強階級矛盾的分析，而減少民族的矛盾，並強調元、清統一的大帝國的肯定㉖。在文學史的論點亦復如此。這主要是政治上的考量，清代，也是近代史的起點，中共不願意再強調滿漢民族上的矛盾。

結　論

一、中共雖認爲中國是多族多語的國家，但未能眞正落實民族自治，各民族意識高漲，而少數民族又分布在中國領土一半以上的地方。爲著嚴加羈縻，而主張今天中國擁有的疆域範圍內，在歷史上也是屬於中國領土，在範圍內的各族，也是中國人，這既悖於史實，而且不能來解釋中國文學史的作者、作品的感情與思想。

二、現中國文學史宜改爲漢族文學史或漢文學史，才容易釐清各民族文學的分野，容易表達各族文學的自我情感，尤其符合中國是多族多語的國家之原則。

三、眞實的全面的反映各時代文學發展的眞貌，建立實錄文學史。對各族關係的文學作品之取材、詮釋，應求客觀，不預設立場，不斷章取義，不曲解隱瞞文學史的內外層結構。

四、要達到實錄的文學史，必須先讓古今民族關係透明化。民主國家的一向不諱言過去征服，擄掠的史實，漢族必須承認民族之間殘酷的史事。中共唯有民主開放，讓各民族有決定前途之權，所有民族關係的死結，才能打開，也才可能有實錄的文學史的產生。

（一九九一年六月二十二日）

附註

❶ 如游國恩、王起等五人主編的《中國文學史》的前面「說明」，開宗明義的說：「本書的編者力圖遵循馬克思列寧主義、毛澤東思想的原則來敍述和探究我國文學歷史發展的過程及其規律。」一頁，人民文學出版社。

❷ 如上述獞爲壯族、狪獠爲侗族，猺爲瑤族、僰蠻爲白族、麼些蠻自稱爲納西族。

❸ 《中國史學四十年》，周朝民等編著，廣西人民出版社，一六頁。

❹ 翦伯贊：〈鞏固地確立馬列主義毛澤東思想在教學與科學研究中的指導地位〉，《翦伯贊歷史論文選集》，一三三頁。

❺ 《翦伯贊歷史論文選集》，六三頁。

❻ 以上「漢民族形成及民族關係」的各項，係參考《中國史學四十年》的資料，六七頁至八三頁。

❼ 《中國當代社會科學家第》三輯，三四二頁，書目文獻出版社。

❽ 同上書，第二輯，一一頁。

❾ 同❺，一〇六頁。

❿ 《呂振羽史論選集》，四七二—四八四頁。上海人民出版社。

⓫ 《歷史研究》一九八〇年五期，〈處理歷史上民族關係的幾個重要準則〉。按作者孫祚民（一九二三—）時任職於山東省社會科學研究所。

⓬ 引自奧古斯特·科爾紐著的《馬克思恩格斯傳》第三冊，二六〇頁，臺北翻印正體字版。

⓭ 《樂府詩集》，里仁，三六二—三七〇頁。

⑭ 丁山：《中國古代宗教與神話考》，三九六頁。

⑮ 《古史辨》第七册楊寬《上古史導論》第三編，一五六頁。

⑯ 《中國百科全書・中國文學》「越人歌」條。

⑰ 《史記・楚世家》。

⑱ 《孟子・滕文公》上。

⑲ 張正明：《楚文化史》，一〇八—一一二頁。

⑳ 孫祚民〈處理歷史上民族關係的幾個重要準則〉：「關於『我國自古以來就是一個統一的多民族國家』的提法，……這意見的錯誤是十分明顯的。關鍵在於它抽掉了我國形成爲一個『統一的多民族國家』的歷史過程，混淆了歷史上的『當時』和當代的『今天』兩個不同的時間概念。……當我國還未形成統一的多民族國家的歷史過程前，顯然是不能把當時一些還作爲獨立的民族國家如匈奴、突厥、契丹、女眞和蒙古等劃爲漢、唐、宋、明等五朝的組成部分，說成同屬一個國家，都是一個民族大家庭的成員。……以今天中華人民共和國疆域來判斷數百、以至幾千年前漢族王朝與其他各少數民族國家的關係，顯然是不適宜的。這樣，一方面要把當時還處在中原王朝領土以外，但在今天中華人民共和國領土以內的獨立的少數民族國家，強制剝奪作爲獨立主權國家的資格；另一方面，又要把今天雖不在中華人民共和國領土以內，但在歷史上曾經屬於中國的版圖割裂拋棄掉。可見這種論點，不但極爲荒謬，而且十分有害。」（《歷史研究》一九八〇年五期）按中共亦稱「臺灣自古以來就是中國的領土」，甚至指三國時代（指陳稜攻掠夷州事，但夷州未必是臺灣）就是中國領土，其荒謬如孫氏所說。事實中共所說的中國，即如孫氏所指的中華人民共和國，那麼臺灣自古以來就不是中華人民共和國所有。

㉑ 同上書。

㉒ 《漢書》新校本，五册，三八〇三頁。《匈奴史料彙編》上册，八二頁。

㉓《匈奴史料彙編》上册，一一二頁。

㉔王運熙《漢魏六朝樂府詩》，《國文天地》翻印本，一五一頁。

㉕《通鑑・唐紀》新校本，六六九九頁。

㉖江應梁：《中國民族史》，一—一九一頁。

大陸莊學研究概況

簡光明
逢甲大學中文研究所碩士

一、前　言

《莊子》一書，由於其思想精微而廣泛，語言使用生動逼眞而靈活多樣，富於創造性，歷代注解評論者數以百計。對於莊子的哲學思想、美學精神、文學理論的闡發，莊子在哲學史、美學史、文學史的地位和影響的論述；《莊子》篇章作品的考辨，《莊子》書流傳情形的考察，以及對歷代莊子注解的研究，便形成了「莊子學」。

海峽兩岸幾十年的隔離和對峙下，學者在不同的環境使用不同的方法作學術研究，有不同的研究成果。就莊子學而言，大陸學者發表了四百餘篇論文，探討莊子學各個領域，取得相當可觀的成果。其所注意的內容和採用的觀點與我們大相逕庭，值得我們取資借鏡。本文嘗試介紹大陸地區自民國三十八年起，到民國七十七年止（一九四九—一九八八），研究莊子學的概況❶，以供參考。

本文根據《中國哲學史論文索引》、《中國文學研究論文索引》（北京中華書局），

《中國古典文學研究論文索引》（中山大學中文系編，廣西人民出版社）、《八十年來史學書目》（中國社會科學院歷史研究所，中國社會科學出版社）、《秦漢戰國史論文索引》（張傳璽等編，北京大學出版社）等書，摘錄研究莊子的論文目錄共四百餘篇，此外參考了《中國哲學年鑑》、《中國文學年鑑》以及少岩和曹礎基對於大陸莊學研究的述評❷。由於臺灣各圖書館所藏大陸期刊報紙有限，複印手續又層層限制，未能全數印出詳細閱讀，加上筆者才識的不足，雖然所介紹的只是幾個主要方向的大概狀況，疏漏錯誤之處在所難免，還請學界師友不吝諟正。

二、莊子哲學的研究

大陸的學者研究《莊子》，早期偏重於哲學思想方面，他們企圖根據馬克思主義的歷史唯物論觀點，對《莊子》進行新的研究、評價及注釋。關鋒認為歷代注莊者，「發揮自己的思想也好，解《莊》、發揮莊子思想的也好，它們都是我們中國哲學史工作者的工作對象，應該把它們放在唯物主義和唯心主義，辯證法和形而上學鬪爭的思想史之流中，予以馬克思列寧主義的分析、評價、批判和總結」❸，便是典型的看法。這種看法同時也影響他們的文學史研究。一九五八年，復旦大學對劉大杰《中國文學發展史》進行批判，關於莊子部份，他們認為劉大杰對莊子散文形式的推崇和贊賞，在青年中產生惡劣的影響，因此認為「不管莊子的散文藝術形式如何，一提到莊子，首先就應該狠狠批判他的反動思想」❹。此種觀點使早期的莊學研究忽略了莊子在文學上的表現。

五十年代末、六十年代初，大陸學術界開始熱烈的討論莊子的哲學思想，哲學研究編輯部編《莊子哲學討論集》（一九六二年，北京中華書局）可視爲這階段討論的重要成果，其中收集了關鋒、馮友蘭、任繼愈等人的文章，對於莊子哲學的性質和骨架多所討論。

關於莊子哲學性質的歸屬問題的討論，主要有三種主張。第一種認爲莊子哲學是主觀唯心主義，侯外廬、關鋒、馮友蘭都持這種看法，關鋒認爲莊子與道同體合德——我就是道、道就是我的見解，從老子的客觀唯心主義轉化爲主觀唯心主義。馮友蘭認爲道是一種主觀的意境和邏輯的虛構，莊子把主觀的意境也說成具有客觀的意義，因而成爲唯心主義。第二種認爲莊子哲學是客觀唯心論，嚴北溟、張岱年、曹礎基等人大都持這種看法。這個觀點最早在一九六一年北大哲學系討論莊子哲學思想時，一部份學生所提，嚴北溟一九六二年在上海哲學學會作報告（〈論莊子〉）時，加以具體闡明，並對主張主觀唯心主義的看法進行批駁。曹礎基認爲「道是客觀存在的，它支配萬物，又體現在萬物之中，所以應該承認，莊周學派的哲學，是一個客觀唯心主義體系」（〈一個博大精尖的客觀唯心主義〉，《哲學研究》一九八〇年第八期）。任繼愈則反駁馮友蘭的看法，認爲後期莊學把主觀的意境也說成具有客觀的意義，就應肯定它是客觀唯心主義（《中國哲學發展史》）。第三種認爲莊子哲學是唯物論。任繼愈發表〈莊子的唯物主義世界觀〉（《新建設》一九五七年第一期）及三篇〈莊子探源〉（《莊子哲學討論集》）認爲莊子哲學屬於唯物主義，這是由於他認爲《莊子》外雜篇爲莊子自著，其中多有唯物主義的觀點，他不否認《莊子》內七篇是唯心的觀點，但認爲內七篇不是莊子自著。嚴北溟也改變他早期的觀點，認爲莊子力圖從自然的本來面目去解釋自然，因此基本上是樸素的唯物主義，但包含著客觀唯心的因素。此外，張松如和趙明從無神論思想來證明莊子哲學是唯物主義，認爲莊子把氣看作是世界紛紜繁雜的現象的基礎，而作出唯物主義的回答（〈莊子哲學初探〉，《中國哲學史研究》一九八〇年第三期）。

主張莊子是主觀唯心論是五十年代末、六十年代初的流行觀點，近年來持這種看法的人很少，馮友蘭《中國哲學史新編》即爲其中之一；主張莊子是客觀唯心論者則日益增多，漸成多數派，劉笑敢、束景南、孫以昭、程宜山、閻韜都採此種看法。主張莊子哲學屬唯物者，則任繼愈仍爲主要代表。

除了這三種主張外，湯一介認爲莊子哲學有客觀唯心的成分，也有主觀唯心主義的成分，大抵上是從客觀唯心主義出發，以主觀唯心主義爲核心（〈關於莊子哲學思想的幾個問題〉，《莊子哲學討論集》），李錦全則認爲莊子哲學是從客觀唯心向主觀唯心轉向（〈關於莊子的哲學性質及其評價〉，《哲學研究》一九八一年第十二期）。

關於莊子哲學的骨架的爭論：關鋒認爲「有待→無己→無待」的三段式骨架，認爲莊子哲學體系的基本範疇即在此（《莊子內篇譯解和批判·緒論》），並且認爲可以用這個骨架來判定是否爲莊子或莊子後學的作品。湯一介提出異議，將之修正爲「有待→無待→無己」；馮友蘭則提出「有待→無己→無待→有待」四段式骨架來修正（均見〈北京大學哲學系討論莊子哲學思想〉，《北京日報》一九六一年七月十三日）；此外，束景南提出「道→心→道」，陸欽提出「道→物→無」的骨架❺。

莊子的「道」的內涵和道與物之間的關係，一直爲研究莊學者所注意：湯一介認爲莊子的道是宇宙精神，不但作爲世界的本體，是第一性的（物則爲第二性），也是宇宙的起點，生成世界萬物的東西（〈關於莊子哲學的幾個問題〉）。楊向奎認爲道是萬物的根源和運行的法則，這雙重性質是不可分離的，人若主動學道而有成，就可以逍遙而無所待了（〈莊子的思想〉，二文俱見《莊子哲學討論集》）。馮友蘭認爲道是一切事物的全，一個邏輯的虛構的道，才是第一性（《中國哲學史新編》，一九六四年，人民出版社）。顏世安認爲道的超越性恰恰體現在物質世界，駁斥論者將莊子的道看作抽象存在，以其起因於對道、物對立思想的誤解（〈莊子道論新釋〉，《南京大學學報》一九八八年第二期）。巫寶三認爲莊子的道是眞實的，以自然力量起作用，貫穿古今，無所不在，萬物與人皆爲道所生（〈莊子的經濟思想〉，《北京社會科學》一九八八年第三期）。郝樸寧認爲莊子的道對於自然界而言，是一種自身產生的合理程序，也就是今天所謂的生態平衡（〈莊子的生態觀〉，《雲南師範大學學報》一九八八年第一期）。朱良志則認爲莊子所關注的核心是人，他從人的生命、人的精神空間、人的心靈氣氛去投視道，因此，道是人生所達到的心靈境界，不是自然本身固有的（〈莊子的悟道與審美體驗〉，《齊魯學刊》一九八八年第四期）。周啓成認爲莊子的道存在可知與不可知的矛盾，他肯定道爲眞正實體，只有排除人的認識活動才能得道，得了道不能互相傳授；同時卻又認爲道可以認識，可以傳授，因而在用什麼方式得道的看法有矛盾（〈莊子思想的矛盾〉，《中國哲學史研究》一九八八年第一期）。杜道明認爲「至人無己，神人無功，聖人無名」是莊子體道三境界，由易而難，循序漸進，要了解莊子如何體道必須正視這三者的差別，否則就說不通（〈莊子體道的三境界〉，《新疆大學學報》一九八八年第三期）。朱錦堂認爲莊子的道具有兩重性，一是物質性，爲生天生地的萬物之母，是一般客體；二是精神性，有情有信，無爲無形，是審美客體（〈論莊子的審美知覺〉，《文藝理論研究》一九八八年第三期）。

莊子的哲學思想在宇宙論和政治哲學方面，大都繼承老子的講法，其精彩之處則在認識論和人生哲學。關於認識論：任繼愈認爲莊子的認識論是唯物主義的，對老子的認識論有所補充，肯定莊子「知者接也，知者謨也」之明確指出感性作用和理性作用兩個認識的步驟（〈莊子探源〉）。關鋒認爲莊子的認識論和宇宙論不可分割，由於其唯心主義的宇宙觀，造成排斥認識的客觀標準，而得出極端的主觀主義和不可知論的結論（《莊子內篇譯解和批判》）。馮友蘭和嚴北溟都認爲莊子是不可知論者，因爲莊子認爲道不是用知識可以知道的，必須否定一切知識才能知道，這種論點把眞理認識的相對性予以絕對化，因而走向不可知論。張岱年認爲「莊子的認識論中，有懷疑主義、相對主義的觀點，但最後的歸宿是神秘主義」，並說莊子「認爲通過感官經驗和思維不可能達到眞知，惟有擺脫了感官經驗和思維才能獲得眞知，終於陷入了反理智的神秘主義」（〈論莊子〉，《燕園論學集》，一九八四年，北京大學出版社）。陳紹燕繼承張氏的說法，認爲莊子的認識論可分爲兩個層次：對小知的揚棄和對大知的崇尚。在第一層中表現出相對主義和懷疑主義，在第二層則表現爲神秘主義。相對主義和懷疑主義是莊子否定普通知識的手段，神秘主義才是莊子認識論的歸宿（〈神秘主義是莊子認識論的歸宿〉，《文史哲》一九八三年第六期）。何建安認爲莊子爲相對主義，他揭示形式邏輯概念的對立同一性，論證了概念的對立同一（〈略論莊子哲學的辯證法思想〉，《哲學研究》一九八三年第五期）。

段建海認爲莊子的認識論具有直覺思維的特徵，他的人生哲理和主觀體驗都是由直覺領悟出來的，而不是依思辨所需的概念、判斷、推理等步驟來的（〈莊周直覺思維的心理行為特徵及其文化影響〉，《陝西師大學報》一九八八年第二期）。舒鍼認爲莊子爲神秘主義的直覺論者，他揭示主體認識能力的種種矛盾：如認識能力的有限與知識的無限、理智能力的有限與直覺能力的無限等等矛盾，促進中國古代認識論的發展（〈莊子對主體認識的思考〉，《哲學研究》一九八八年第六期）。李堅認爲莊子的認識論不是不可知論，但其中包含有相對主義、神秘主義因素，這是因爲莊子並不認爲事物的本體爲不可知（〈論莊子認識論不是不可知論〉，《遼寧大學學報》一九八八年第五期）。

關於莊子的人生哲學：楊向奎認爲莊子把一切存在看作幻影，主張遊戲於人間，什麼也不必認眞，《莊子》中的至人、眞人只是神仙一流的人物，其所鼓吹的是「滑頭」或「無動於衷」的人生觀（〈莊子的思想〉，《文史哲》一九五七年第八期）。關鋒認爲莊子的人生哲學是沒落的、悲觀絕望的奴隸主階級的階級意識的反應，是虛無主義、阿Q精神、滑頭主義、悲觀主義（〈莊子哲學批判〉，《哲學研究》一九六〇年第七、八期）。程宜山認爲莊子的人生哲學是「客觀唯心主義的宿命論體系」（〈關於莊子哲學的看法〉，《哲學研究》一九八〇年第八期）。孫以昭也認爲莊子的處世哲學是消極的、唯心主義的，並有宿命論的因素和與世俯仰之意（〈試論莊子思想的基本傾向及其積極因素〉、《安徽大學學報》一九八一年第一期）。張建認爲《莊子》是隱士的哲學，有其精神昂揚的一面，也有頹廢的一面，後者佔主導地位，這兩者應予以分判和淸算（〈論莊子哲學及其歷史功過〉，《中國哲學史研究》一九八二年第一期）。楊安崙和程俊認爲莊子確實追求一種超時代超歷史的人生境界，這種人生境界在實際生活是做不到的。莊子人生態度對後世的影響，在積極方面，其民生性的東西與儒家相較頗有新意；在消極方面，則後世很多人的逃避現實，與莊子思想有關（〈莊子的哲學思想、人生態度和美學思想〉，《湖南師大學報》一九八八年第六期）。

郭維森認爲莊子用混世態度對待不合理的世界，用詭辯混淆是非善惡，但同時也反映時代的不平，並加以諷刺（〈屈原與莊周美學思想異同辨〉，《南京大學學報》一九八八年第一期）。朱曉鵬則採取另一種看法，認爲莊子在倡導一種審美的人生觀，要求人們重返自然，順適自然，強烈表達他對於自由與無限的美好願望，顯示莊子對人生和理想的積極態度（〈試論莊子哲學與楚文化的關係〉，《江淮論壇》一九八八年第二期）。何加焉認爲：從紛亂的社會現實中把精神境界提升出來，歸復人性，歸依自然，是莊子哲學的核心，也是莊子進行人類療救的方案（〈莊子的社會療救思想〉，《山西大學學報》一九八八年第三期。）成瑣也認爲莊子希望從人的本性中去恢復自由，這種自由只有在想像的超現實境界才可能達成。對自由的追求則因爲文明使人性異化，政治社會又有種種壓迫，因此，人應回到自然的本性（〈莊子與中國古代文論三題〉，《荊州師專學報》一九八八年第三期）。

上面僅介紹大陸學者對莊子哲學幾個主要內容的研究，其他諸如莊子的階級屬性、辯證法、歷史作用，以及思維方式❻，有不少的討論，此不述及。

三、莊子文學的研究

對於莊子在文學藝術上的表現，雖然歷代時有贊譽者，林希逸、歸有光、宣穎、劉鳳苞、林雲銘等人在注莊時，也常從文章作法立論，但大陸學者更注意莊子的哲學成就，初期對莊子在文學上的表現並不重視，一九八〇年以後才慢慢重視並肯定莊子在中國文學史上的地位。這種現象只要把復旦大學編的《莊子研究》（一九八六年，上海復旦大學）和哲學研究編輯部編的《莊子哲學討論集》作一比較，就可以明顯地看出其間最大的不同就是《莊子研究》中有多篇論文探討莊子的散文藝術和文學思想，比早期只討論莊子的哲學思想的狹隘立場，更能看出莊子在哲學和文學上的地位和影響。

對於莊子散文的研究，學者首先注意莊子的寓言。張惠仁認爲莊子是我國古代寓論體散文的拓源者。莊子所以選擇寓言作爲他表達哲學思想的內容是因爲：寓論體符合表達深奧思想的需要，且是一種特殊的批判的武器，此外也由莊子特殊的辯言觀與文章觀所決定。莊子寓言是先秦文章史上一個嶄新流派形成的標志（〈莊子——我國古代寓論散文的拓源者〉，《四川師院學報》一九八二年第三期）。陶白說：「莊子是我國寓言的先驅」，莊子的文章所以獨具一格，主要就在於他的寓言；因此「通過對莊子寓言的分析，才能使我們眞正了解莊子思想的深刻性」。據陶白的分類，莊子所描寫的包括諸侯、太子、竊國者、宰相、王后、士、農民、手工業者、小商小販、百工技藝等社會人物以及自然界的多種生物（〈莊子寓言研究〉，《揚州師院學報》一九八五年第一期）。陳蒲清著有《中國古代寓言史》，除了分析莊子寓言的思想性和藝術性外，並附有「莊子寓言故事總目」共一八一則。白本松認爲莊子「總結前人運用譬喻說理的經驗，提出寓言這個概念，並且發展了關於寓言的理論，使他成爲一個寓言理論家兼作家」，寓言文學的高潮也在莊子的時代到來（〈中國寓言文學高潮的醞釀〉，《河南大學學報》一九八五年第二期）。王景琳認爲「是莊子寓言的出現，才引起寓言藝術的飛躍」，莊子對寓言獨立性的自覺，對寓言題材的開拓以及對寓言人物的精心刻劃，使莊子成爲先秦散文著作中最有文學價值者（〈莊子對寓言藝術的貢獻〉，《北京大學學報》一九八六年第一期）。傅軍龍認爲莊子寓言多用民間故事和動植物爲題材，他所塑造的寓言形象多是下層人物和擬人化的動植物形象，題材繁複多樣，並已達到較高的水平（〈莊韓寓言與戰國中末期寓言的發展〉，《呼蘭師專學報》一九八七年第四期）。王愷認爲「天下爲沉濁，不可與莊語」是莊子的文學主張；「依乎天理」、「因其固然」是莊子的藝術論，而這兩者都在其寓言中表現（〈從莊子寓言看其文藝主張〉，《南京師院學報》一九八二年第四期）。

莊子散文，張采民認爲其表達方式有三：首先是用寓言故事的記敍代替哲學觀點的闡述；其次是用比喻象徵的手法代替邏輯推理的論述方式；三是用強烈的感情去感染人代替以嚴密的邏輯力量去說服人，莊子的文學價值也在於此（〈談談莊子獨特的表達方式〉，《南京師大學報》一九八四年第二期）。壽涌認爲《莊子》的風格可以「詭奇」二字爲代表，形成此種風格的因素則在於奇幻的想像、奇妙的說理與奇特的文筆（〈試論形成莊子詭奇風格的三大要素〉，《華東師範大學學報》一九八二年第一期）。

曹礎基認爲莊子的語言藝術有四項特點：一、是大量地創造寓言，二、體物入微的描繪，三、濃厚的抒情色彩，四、怪異與飛揚的風格（〈莊子的語言藝術〉，收入《莊子淺論》）。陸永品認爲莊子散文的藝術性，主要表現在以下幾方面：擅長講述故事，文筆辛辣；氣勢雄偉；筆法千變萬化；善於比喻；語言豐富（〈莊子散文的藝術性〉，收入《老莊研究》）。

對於莊子文學的研究，自然地會注意到莊子在中國文學史上的影響，趙明〈道家思想與中國文學〉、〈道家思想與兩漢文學〉、〈道家思想與魏晉文學〉（均收入《老莊論集》）便考察了道家思想在兩漢、魏晉及中國文學史中的影響，並舉賈誼、王充、阮籍、嵇康、陶淵明、李贄、湯顯祖、袁宏道、金聖歎、曹雪芹、袁枚、龔自珍等人的作品作說明。據陸欽的統計，「受莊周文學影響的，漢代有賈誼、司馬遷；魏晉南北朝有阮籍、嵇康、陸機、陶淵明、劉勰；唐代有李白、韓愈、柳宗元、司空圖；宋代有王安石、蘇軾、陸游；明代有吳承恩、馮夢龍；清代有曹雪芹、劉熙載、龔自珍；現代有魯迅、郭沫若、聞一多、王蒙等等」(《莊周思想研究》，一九八三年，河南人民出版社)。趙明與陸欽只是概括式的說明某人受莊周某方面的影響，並未細論，如果就以上諸人受莊子影響的情形，一一作專論，則可使莊子在文學史中的影響有一全面而清晰的說明。葛春〈李白詩歌與莊子美學〉便是一例，他從李白「神」與「逸」的詩歌特點，提倡「天眞」，反對雕琢，以壯大美爲風格，講求「無言」美以及李白的時代背景各方面來說明李白受莊子的影響(《中州學刊》一九八四年第六期)。王載源〈論莊子思想對魏晉六朝文學的影響〉，則以曹植、阮籍、嵇康和陶淵明爲例，說明莊子思想的影響，他認爲「魏晉時期，由於莊子思想的盛行，才給山水文學的興起提供了契機」，而玄言詩與山水詩的關係則應是「老莊未退，山水已滋」(《江海學刊》一九八七年第五期)。

莊子不但在中國散文史中有其影響，在中國小說史亦然。「小說」一詞出於《莊子》，〈外物篇〉說：「修小說以干縣令，其於大道亦遠矣！」宋・黃震也說莊子：「固千百世訞諧小說之祖」(《黃氏日鈔》)，學者對莊子文學的重視，也促使他們開始注意莊子在中國小說史上的地位。孫乃沅認爲「莊子有一些作品，充分具備了小說的基本特徵」(〈莊子在中國小說史上的地位和貢獻〉，《江淮論壇》一九八一年第六期)。馬冀認爲莊子的卮言在反映社會現實時，讓道理從虛構的人物和故事中自然流露出來的手法，「爲有意識地創作小說開了先河」（〈略論莊子學派的文學思想〉，《內蒙古大學學報》一九八二年第三～四期）。朱大剛則指出，〈盜跖〉、〈說劍〉這類的篇章，「在情節的虛構、細節和人物心理的細膩描繪上，幾乎達到了後代小說的水平」（〈試論孟子和莊子文學思想的貢獻〉，《華東師大學報》一九八四年第五期）。曹大林更從故事情節、人物形象、典型環境等要素去說明莊子首創對話體小說（〈莊子——中國短篇小說之父〉，《湖南師大學報》一九八五年第四期）。

值得注意的是陸永品的研究，他在《老莊研究》一書中，除了探討莊子散文藝術，莊子散文與現實主義、浪漫主義的關係之外，同時研究莊子散文地位的升降及其影響，明清注莊子者對莊子散文的筆法和文境的論述。對於歷代莊子注的研究，在大陸一向就很冷門（郭象的《莊子注》除外），探討莊子注疏的批評手法者，更爲少見，陸永品的研究開拓莊學的領域，有助於莊學史的全面研究。

四、莊子美學的研究

美學爲近來大陸學術界的顯學之一，學者所撰寫、編譯的相關論著很多，莊子因其在文學思想、藝術精神及美學方面的成就與影響，而成爲討論美學思想的熱門題目。幾本重要的美學史著作，都肯定莊子在中國美學史中的地位，劉綱紀認爲：以莊子爲代表的道家美學和以孔子爲代表的儒家美學是中國美學的兩大系列，二者互相對立而又互相補充，構成整個中國美學（《中國美學史》第七章）。葉朗則說：「不研究老子和莊子的美學，就不可能眞正懂得美學，就不可能眞正懂得中國古典藝術的意境的秘密。」（《中國美學史大綱》第五章）敏澤更指出道家美學不但在中國美學史上有重要地位，「其影響不僅是國內的，而且是世界性的」（《中國美學思想史》第九章）。

莊子在中國美學史上既有如此重要的地位，其美學思想的核心也就成爲討論重點。施昌東認爲是相對主義的美醜觀。他指出莊子抹煞美醜的差異，取消美、惡的對立統一而陷入相對主義（〈先秦諸子美學述評〉）。陸永品也持這一看法（〈關於莊子美學思想問題〉）。樊公裁採取另一種看法，認爲「在《莊子》中，自然、本性、樸素、淡然大體是一個意思」，這些都是莊子的至美（〈莊子的美學思想〉，《哲學研究》一九八一年第九期）。楊坤緒也認爲樸素是莊子美學的最高境界（〈柏拉圖與莊子美學思想比較〉）。此外，葉朗認爲「莊子美學的核心內容，是對於自由的概念的討論，以及對於自由和審美的關係的討論」（《中國美學史大綱》）。

陳約之把莊子散文中的寓言形象塑造及其關於美的言論結合起來，評述莊子的文學審美觀。認爲莊子的寓言的形象性、豐富性爲民族傳統珍貴的審美觀點、美學理論的泉源（〈莊子言藝談美〉，《文學評論》一九八二年第一期）。閻韜認爲莊子在美學上有破也有立；否定禮樂之美而證成天地之美、道之美。莊子同時也認爲內心美勝過外形美（〈莊子美學思想淺議〉，《南京大學學報》一九八二年第三期）。鄭雲生認爲「在莊子看來，樸素、澹然就是美，並且在一切美之上，是美的最高境界」，莊子以樸素要求文藝創作，評價文藝作品的高下，接觸到文藝的審美特徵（〈樸素——莊子美學思想的重要內容〉，《華中師院學報》一九八四年第四期）。劉偉林認爲自然無爲對道家而言才是美的本質，「莊子把樸素、無爲和澹然無極同美聯繫起來，也就是把美同超功利的生活境界聯繫了起來」（〈先秦美學的方法論意義〉，《學術研究》一九八七年第一期）。楊安崙和程俊認爲莊子既否定美醜的存在，卻又承認有美，形成莊子美學思想的複雜性（〈莊子的哲學思想、人生態度和美學思想〉，《湖南師範大學學報》一九八八年第六期）。郭維森則將莊子和屈原的美學思想作比較，認爲肯定純粹美、歌頌崇高、追求和諧美的理想是莊、屈美學思想的共同點（〈屈原與莊周美學思想異同辨〉，《南京大學學報》一九八八年第一期）。

五、莊子書的研究

《史記》說莊子著書十餘萬言，《漢書・藝文志》著錄的《莊子》有五十二篇，郭象的注本則分內篇七篇、外篇十五篇、雜篇十一篇，共三十三篇，今本《莊子》仍依郭象之舊。歷代注《莊》者曾提出內篇與外雜篇分判的標準，成玄英認爲內篇言理是主，外雜篇言事爲輔，是內容的不同（《莊子注疏・序》）。自從蘇東坡在〈莊子祠堂記〉指出〈盜跖〉等四篇爲僞作之後，學者開始考辨那些篇章爲莊子自著。林希逸認爲內篇標題有義，外雜篇但取篇首字，其不同在標題的有義與否（《莊子口義・發題》），但林氏也承蘇東坡之說，以〈盜跖〉等四篇爲僞作。鄭瑗認爲內篇是莊子自作，外雜篇則莊子後學所作，其不同則在於作者（《井觀瑣言》卷之一）。

關於《莊子》篇章與莊子思想的關係，主要有三種不同的看法：㈠馮友蘭認爲應打破內外雜篇的分別，以〈逍遙遊〉、〈齊物論〉爲主要線索，對莊子哲學作全面的了解（《中國哲學史新編》）。嚴北溟認爲莊子思想對後世的影響是以整部《莊子》爲基礎，因此不必對書篇作者爲誰的問題去做煩瑣的考證（〈應對莊子重新評價〉，《哲學研究》一九八〇年第一期）。㈡任繼愈認爲「內七篇從篇名到內容，都帶有濃厚的漢代宗教神學方術色彩」，決不是莊周的思想，而是後期莊學的思想，因此，「解剖莊周的哲學體系時，以〈盜跖〉〈馬蹄〉〈胠篋〉〈庚桑楚〉〈漁父〉〈天地〉〈天運〉〈天道〉〈在宥〉〈知北遊〉等篇爲主」，〈莊子探源〉及其續篇（分別載於《哲學研究》一九六一年第一期、《光明日報》一九六一年八月廿五日、《北京大學學報》一九六一年第五期）一直堅持此種觀點。㈢任繼愈的文章一發表，張德鈞馬上撰〈莊子內篇是西漢初人的著作嗎〉一文，對任氏的論證逐條反駁，認爲任氏所提的證據沒有一個可以做爲《莊子》內篇是西漢初人所著的證明，他的結論是：「前人認爲內七篇是莊子本人的東西，還是應該被肯定，不能隨便視爲迷信」（《哲學研究》一九六一年第五期）。這是傳統以內七篇爲莊子自著，外雜篇爲莊子後學作品的觀點。張恒壽認爲應打破內外雜的嚴格界限，以《淮南子》以前，特別是先秦之典籍的引用爲依據，先確定《莊子》書中最古的篇目，再以此爲基點去考察全書。張氏認爲「〈逍遙遊〉、〈齊物論〉、〈大宗師〉、〈達生〉四篇中的大部分章節是先秦莊子的早期作品」（《莊子新探》，一九八三年，湖北人民出版社）。劉笑敢從漢語詞彙使用特徵來考證《莊子》內篇早於外雜篇，劉氏指出內篇之中，只有道、德、命、精、神等概念，而外雜篇則大量出現道德、性命、精神等複合詞，參照《左傳》、《論語》、《老子》、《孟子》以及《荀子》、《韓非子》、《呂氏春秋》等書中用詞情形，因而斷定內篇爲莊子的作品，內篇則早於外雜篇（〈莊子內篇早於外雜篇之新證〉，《文史》第十八輯）。

《莊子》三十三篇，最常被提出來討論的有〈逍遙遊〉、〈齊物論〉、〈養生主〉和〈天下〉諸篇。〈天下〉篇爲「中國學術史上，縱論天下思想，評述百家的第一篇」❼，保存佚說和批判精到爲〈天下〉篇的兩大特色，是學者研究諸子的重要材料，故論之者衆。〈養生主〉中「庖丁解牛」的寓言故事，說明創造的自由就是審美的境界，因而受到注意。〈齊物論〉爲莊子哲學思想的重要篇章，論者以爲莊子是「相對主義」、「辯證法」、「客觀唯心主義」都可從〈齊物論〉中找到論述的依據。至於被討論最多的，還是〈逍遙遊〉。

莊子〈逍遙遊〉歷代的注解就已有很多不同的講法，郭象《莊子注》認爲任性守分而無累自得是逍遙；支遁〈逍遙論〉認爲超越物我，物物而不物於物爲逍遙；林希逸《莊子口義》認爲〈逍遙遊〉只是形容胸中廣大之樂；釋憨山《莊子內篇注》認爲〈逍遙遊〉在形容大而化之之謂聖，各種講法皆持之有故，言之成理。學者在研究〈逍遙遊〉也因而有各種不同的看法，或以爲無待才能逍遙；或以爲有待無待皆可逍遙；也有認爲逍遙的主要內容在大而化之，大多承襲前人注莊之說而作進一步的引申。

〈逍遙遊〉的主題是什麼？論者頗有不同的意見。關鋒認爲「若夫乘天地之正而御六氣之辨以遊於無窮者，彼且惡乎待哉」就是逍遙的境界，認爲大鵬有待而不逍遙（《莊子內篇譯解和批判》），無待才能夠逍遙。謝祥皓認爲無待既否定主體又超越客體，在幻想中才可能追求到（〈逍遙遊評論〉，《人文雜誌》一九八一年第六期）。陳映紅則認爲〈逍遙遊〉的主題不在絕對自由，而在於啓示人們要有遠大的理想，擺脫精神上的重重枷鎖，順應自然，就能自由而沒有困苦了（〈莊子逍遙遊探微〉、《思想戰線》一九八二年第四期）。趙明認爲有待無待皆逍遙，有待的逍遙是就現實世界說，無待的逍遙則指藝術理想而言（〈逍遙遊義辨〉，《吉林大學學報》一九八二年第一期）。此外，王守華認爲大而化之才是逍遙，大象徵道的至大不包，化則演示著道的運行變化（〈莊子逍遙遊辨析〉，《鄭州大學學報》一九八〇年第四期）。

陸欽認爲莊周提出「逍遙遊」的觀念，是爲了對抗儒、墨、名諸家。人生最理想的境界爲無名、無己、無功，也就是放任自由、擺脫外物、超脫人世。莊子以放任自由對抗儒家的克己復禮，用無名對抗正名；以擺脫周圍的羈絆來對抗墨家的有爲觀（利），用無功對抗志功；以超脫人世對抗名家追求名位的世俗觀，用無己對抗有己（自以為賢）（〈莊子逍遙遊新探〉，《中國哲學史研究》一九八八年第二期）。

除了篇章考辨和作品研究之外，學者也將他們的見解以注解全書的方式表達出來。注解《莊子》者所使用的語言，和其所處的時代常有密切的關係。例如郭象的「隱解」、林希逸的「口義」都有時代的因素。民國以來，由於白話文的興起，爲使莊子能普及，在註解之外，也加上語譯，以作爲初學者入門之書。關鋒《莊子內篇譯解和批判》（一九六一年，北京中華書局）將《莊子》內篇分章節譯爲語體，篇後有校注和解剖。書後有附編，內容包括相關論文三篇，莊子大事年表及莊子注解書目。此外，王世舜編著《莊子譯注》（一九八四年，山東教育出版社），歐陽景賢和歐陽超著《莊子釋譯》（一九八六年，湖北人民出版社），採用意譯和直譯相結合的方法，使字詞落實，力求文句通順明白，讀來順口。陳鼓應《莊子今註今譯》也於一九八三年由北京中華書局出版，該書除收錄少數幾條大陸學者研究成果之外，內容與臺灣商務印書館出版者相同。曹礎基《莊子淺注》（一九八二年，北京中華書局）把讀者設在高中畢業水平，提供較通俗淺白的注解。沙少海《莊子集注》（一九八七年，貴州人民出版社）屬資料性質，其書徵引古今莊子注，在取捨從違間，展示作者的見解，唯求文意之所安，亦卽心之所安，「翔實準確，有出處，有著落，實事求是，無信不徵」爲該書作者所力求做到的。崔大華《莊子歧解》（一九八八年，中州古籍出版社）認爲傳統注解《莊子》的取捨方法有兩種：一是在自己獨立理解或選擇前人觀點的基礎上，給出一種自己認爲是最爲確當的解釋的「孤解法」，另一種是同時採錄多家注解的「集解法」，這兩種方法無法對前人注莊的成就作一全面而扼要的總結，因此採用「歧解法」，採錄「前人注解中對《莊子》思想的闡發和文字考訂，詞義訓解，以及能反映儒、釋、道三家在解《莊》中的不同立場的某些理論的解釋」，而不作評斷，由讀者揣摩自擇。從這本書可以看到歷來解莊者在字讀、句讀、詞義、句義的歧異之處。

六、結　語

大陸地區的莊學研究，由早期著重探討莊子哲學思想（尤其是哲學性質與階級屬性），到後來逐漸重視莊子的文學與美學，對莊學作更全面而深入的研究，這是個可喜的現象。可惜的是，在探討莊子的文學與美學時，仍不脫其馬克思主義的歷史唯物論思想。雖然有時這種論點也能把莊子的文學和思想，闡發得很深刻而精彩，但往往是自縛手腳，限制研究的發展。

對於莊子本身的研究，成績可觀，但對於歷代莊子注，莊子在中國思想史的影響，以及莊子在海外（尤其日韓）的流傳與研究的狀況，則尚未做全面的考察，因而整個莊學史的面貌仍極模糊。

現存的歷代莊子注疏數以百計,「有的說《莊子》與法家同源,有的把《莊子》與儒家合流,有的說《莊子》等同佛家,有的以陰陽家、神仙家的觀點去解說《莊子》」❽,從這些注疏可以清楚看出莊子與其他思想交流的情形,以及莊子思想在中國思想史上的影響,但是這些豐富的資源並未受到應有的重視。關鋒《莊子內篇譯解和批判》書後有「莊子注解書目」,說明莊子的影響和注莊解莊的流變;曹礎基《莊子淺論》第六章「莊子研究述評」也把歷代的莊子注疏作一述評❾。這樣的簡介只能使讀者對莊學史有一粗略的印象,至於每一部莊子注的特色及其在莊義上的闡述,則多語焉不詳,並未全面地加以考察,實有待學者繼續努力。

此外,使用新的觀點和研究方法去研究《莊子》,期能得到新的研究成果❿,以及擴大對莊子各個領域(如《莊子》中的自然知識)的研究,則是海峽兩岸莊學研究所應努力的方向。

附註

❶ 民國三十八年到四十七年（一九四九——一九五八）期間，大陸學者研究莊子學的論著寥寥可數，因此本文著重介紹近三十年來（一九五九——一九八八）的研究成果。

❷ 少岩〈莊子哲學思想研究略述〉（《文史哲》一九八五年第六期）主要介紹民國三十八年到七十三年（一九四九——一九八四）大陸學者對莊子哲學思想的研究，曹礎基〈建國以來的莊子研究〉（《莊子淺論》，廣東人民出版社，一九八七年）的介紹則更爲全面。

❸ 關鋒《莊子內篇譯解和批判》（一九六一年，北京中華書局），頁四〇三。

❹ 復旦大學中文系文學教研組編《中國文學發展史批判》（一九五八年，北京中華書局），中文系四年級先秦文學小組撰〈劉大杰先生拜倒在莊子脚下〉。

❺ 以上所敍，詳參註❷二文。

❻ 關於莊子思維方式的特徵、整體性與關連性，及其在中國古代理論思維發展中的意義，可參閱一九八八年《中國哲學年鑑》。

❼ 王邦雄《儒道之間》（民七十四年，漢光出版社）。

❽ 見曹礎基《莊子淺注》前言（一九八二年，北京中華書局）。

❾ 木鐸出版社《莊子論文集新編》（民七十七年）中「莊子導讀」部分，有「莊學史簡介」。未標明作者何人，就其導讀的內容看來，應爲大陸的學者。

❿ 例如可參照當代現象學、詮釋學及解構學的語言哲學，來重構莊子的語言哲學。沈清松〈莊子的語言哲學初考〉（一九八五年十二月三——七日臺大哲學系主辦國際中國哲學研討會論文）便是很好的例子。

它山之石——海峽兩岸中學國語文教學概況

李光鈞
私立世界新聞傳播學院共同科講師

隨著政府逐漸開放大陸政策，海峽兩岸的各種學術交流活動也日趨頻繁。在睽違四十年之久的今日，兩岸的初、高中學生受到甚麼樣的國語文教育，值得我們一起來關心與探討。

國文、國語和語文

我國自晚清興學以來，中學課程之修訂不下十餘次，其演變過程，或因教育思想之變遷，或因社會需要之轉移，或因學校制度之改革，或因時代情勢之需要，其中教學科目多所增刪，而國語文科的演變大致如下：

光緒二十八（一九〇二）年，清政府頒布《欽定學堂章程》，也稱「壬寅學制」，規定蒙學、尋常小學、高等小學、中學都設「讀經」科外，蒙學再設並行的「字課」和「習字」

課（分列兩目，實為一科）；小學也設並行的「習字」、「作文」課；高小也設「習字」、「作文」、「讀古文詞」課；中學則設「詞章」課。這些「讀經」、「習字」、「作文」和「詞章」等課程，在學科性質和地位上，就是我們的國文科。

光緒二十九年，清廷又頒布《奏定學堂章程》，亦即「癸卯學制」。規定初等小學、高等小學和中學的「讀經」課改稱「讀經講經」外，初等小學再設「中國文字」（講識字成章之法）；高等小學再設「中國文學」，讀古文、習遣詞聯句；中學也設「中國文學」，取代「詞章」課，內容爲讀文、作文、並講中國歷代文章名家大略。從現代國語文教育觀點來看，已更具備國文科的特點。

光緒三十三（一九〇七）年，《學部奏定女子小學堂章程》中所列學科，不再有「讀經」科，而設置「國文」科。初小的「國文」內容爲「日用必須之文字及淺易普通文之讀法書法綴法」；高小的「國文」則爲「日用必須之文字及普通文之讀法書法綴法」。這是我國依據教育法規而採用「國文」科名稱之始。

宣統元（一九〇九）年，學部宣布中學採德國成法，分文、實兩科，課程也分主修與通習兩種；其中「經學」、「國學」兩科目爲文科之主修課，而實科則爲通習課。

民國成立後，教育制度亦隨之改革。元年九月，教育部公布《中學校令施行規則》，實施普通教育，文、實不分科，廢除「讀經講經」課程，「中國文學」改稱「國文」，內含讀法、作法、書法、語法四項，這時的國文科，內容更複雜化了。

民國二年，教育部公布《中學校課程標準》，規定「國文」科的內容爲「講讀」、「作文」、「習字」、「楷書」、「行書」、「文字源流」、「文法要略」、「中國文學史」和

「草書」。民國四年，北洋政府教育部頒布《國民學校令》，其中國民學校單獨設置「國文」一科，小學和中學除「國文」科外，重新增設「讀經」科，但未普遍實行，遂即廢止。民國九年，北洋政府教育部又通令全國，國民學校改「國文」爲「國語」，高等小學則「國語」和「國文」摻合教授。這是我國以政府名義明令使用「國語」科名稱之始（前此三、四年，南方許多著名小學已試行將「國文」改稱「國語」）。此後小學國語科的內容雖時有變動，名稱卻一直沿用至今。

民國十一年，全國教育聯合會提出改革草案，十一月由政府公布，並訂定中學課程，於是中學始有高、初中之分，而「國文」科亦改稱「國語」科，內容包括語言、讀文、作文、寫字四項。

民國十八年，教育部頒行《中小學課程暫行標準》，經過八年試驗修訂，於民國二十五年正式公布施行全國。小學稱「國語」，初、高中又改稱「國文」，內容爲精讀、略讀指導、習作三項。此後雖多次修訂課程標準，然而「國文」這個名稱就一直沿用至今❶。

大陸在一九四九年時，小學和中學仍分別沿用「國語」和「國文」之名；一九五〇年開始使用「語文」這個名稱，其出版總署編審局在一九五一年使用的初中語文課本〈編輯大意〉中說：

> 說出來的是語言，寫出來的是文章，文章依據語言，「語」和「文」是分不開的。語文教學應該包括聽話、說話、閱讀、寫作四項。因此這套課本不再用「國文」或「國語」的舊名稱，改稱「語文課本」。❷

實際上，「語文」這個學科名稱的來歷，據葉聖陶說：

「語文」一名，始於一九四九年華北人民政府教科書編審委員會選用中小學課本之時。……彼時同人之意，以為口頭為「語」，書面為「文」，文本於語，不可偏指，故合言之。❸

這說明了「語文」原是口頭語言和書面語言的意思，在口頭謂之「語」，在書面謂之「文」合起來稱爲「語文」。而語文科的內容則是傳授給學生的語文知識和語文能力、灌輸的思想和觀點、培養的語文學習習慣和態度的總和❹。

一九五六年，大陸的中學實行分科制，設「漢語」和「文學」兩科，但是只實行了一年多，一九五七年又恢復「語文」科原名，這也是大陸全面正式使用「語文」名稱的開始。內容包括聽話、說話、閱讀、寫作四項❺。

綜上所述，「國文」和「國語」的名稱，曾分別存在於不同的時代、不同的地區，有著不同的內容。今天我們的小學生唸「國語」科，國、高中以至大學生都讀「國文」科，而大陸的中、小學生則全部學習「語文」課程。因此，兩岸中學生所學的國語文課程是我們應該要了解的。

課程標準

每一個國家爲統一教育內容，齊一國民教育水準，增進國民教育之效率，對各級學校課程多有較詳細的規定。其內容多包括學科或活動目標，教材或活動綱要，教學或實施要點；其形式或分科印成專册，或將某一等級學校所有學科或活動的各種規定彙爲一總册。這種印刷物在我國卽稱爲「課程標準」❻。

根據我國《國民中學課程標準》附錄〈國民中學課程標準修訂經過〉，我國中學課程之變遷，自光緒二十七（一九〇一）年清廷命管學大臣張伯熙草擬《全國學堂章程》，於次年頒布所謂的《欽定學堂章程》開始，至民國六十年爲配合國民中學首屆畢業生，使高中和國中課程密切聯繫而修訂《高級中學課程標準》爲止，歷經十六次；中學課程標準之修訂亦經十一次。然而「綜觀歷次所修訂的內容，除了時代的不同、環境的變遷、教育制度的改變外，就課程標準的本身而言，無論是教學目標、教材大綱、或教學實施，可以說是萬變不離其宗，都沒有什麼重大的改變」❼。

目前我們實施的《國民中學課程標準》和《高級中學課程標準》，都是根據民國七十二年七月二十日，經教育部明令公布，自七十三學年度第一學期（七十三年八月）開始實施。《課程標準》分〈總綱〉及〈各科課程標準〉兩部分。〈總綱〉部分先列舉「教育目標」，其次爲「教學科目」及「每週教學時數表」，最後爲「教學要點」。〈各科課程標準〉部分則包含「目標」、「時間分配」、「教材大綱」及「實施方法」四項。現行〈國民中學國文課程標準〉之目標分爲五點：

一、指導學生由國文學習中，繼續國民小學之教育，增進生活體驗，啓發思辨能力，養成倫理觀念，激發愛國思想，並宏揚中華民族文化。

二、指導學生繼續學習標準國語，培養聽話及說話之能力與態度。

三、指導學生學習課文，明瞭本國語文之特質，培養閱讀能力及寫作技巧。

四、指導學生閱讀有益身心之課外讀物，培養其欣賞文學作品之興趣及能力。

五、指導學生明瞭國字之結構，以正確之執筆姿勢及運筆方法，使用毛筆書寫楷書及行書。

至於〈高級中學國文課程標準〉之「目標」則分爲六點：

一、指導學生研讀語體文，提高其閱讀及寫作語體文之能力。

二、指導學生精讀文言文，培養其閱讀淺近古籍之興趣及寫作明易文言文之能力。

三、教導學生研讀《中國文化基本教材》，培養其倫理道德之觀念，愛國淑世之精神。

四、輔導學生閱讀純正優美之文藝作品，增進其文藝欣賞與創作之能力。

五、輔導學生閱讀有關思想及勵志之課外讀物，培養其思考判斷之能力與恢宏堅忍之意志。

六、輔導學生臨摹楷書及行書等碑帖，增進其鑑賞及書寫之能力。

在「時間分配方面，國中第一、二、三各學年每週教學時數均爲六小時，每週教學時間分配如下：

一、課文教學四小時。

二、作文練習、語言訓練、書法練習與課外閱讀指導等兩小時。

三、作文以三週兩篇爲原則，不作文之週次，實施語言訓練、書法練習、及課外閱讀指導。

高中的「時間分配」是第一、二學年每週授課五小時，範文占總時數五分之三，作文及《中國文化基本教材》各占五分之一。第三學年每週授課六小時，範文占總時數六分之四，作文及《中國文化基本教材》各占六分之一。

至於大陸在一九四九年以後，將我國傳統的「課程標準」的名稱改稱「教學大綱」，於一九五五年制訂了《初級中學文學教學大綱》（草案）和《高級中學文學教學大綱》（草案），是大陸第一份語文教學大綱，在這以前的五年裏，大陸的中學語文科處於沒有教學大綱指導的時期。

一九五六年，大陸的教育部又制定《初級中學漢語教學大綱》（草案），這個大綱是分科型的，試圖較全面地解決語文教學中的一些重要問題。如規定了文學、漢語教學的教學、教育任務，提出了文學、漢語的教學內容和編排體系。文學教學內容爲文學作品、文學理論常識和文學史常識；漢語教學內容爲語音、詞彙、語法、修辭、文字、標點符號。在內容體系之外，還提出了文學、漢語的教學方法，對文學作品教學，在列舉了幾種常用方法之後，還提出文學作品的教學可以分爲起始、閱讀和分析、結束、複習四個階段。但是這個大綱只實施了兩年，便宣告停用。

一九六三年，大陸又制訂出《全日制中學語文教學大綱》（試行草案）。這個大綱是綜合型的，明確地提出語文是基礎工具，中學語文教學的目的是培養學生的讀寫能力。教材編排應以讀寫能力爲線索。在教學要求、教學目的之外，還著重論述了語文教育與思想教育的關係。然而一九六六年發生了「文化大革命」，這個只用了三年的大綱就被廢止了。

一九七八年，大陸的國家教育委員會又公布了《全日制十年制學校中學語文教學大綱》（試行草案），經過一九八〇年修訂和一九八六年再度修訂後，於一九八六年十二月正式頒布《全日制中學語文教學大綱》。它是根據《中華人民共和國義務教育法》、《中共中央關於教育體制改革的決定》的精神，遵循教育必須爲社會主義建設服務的指導思想和教學要求要明確具體、難易要適度的要求制定的❽。這次教學大綱確定的教學目的，亦即總目標是：

> 中學語文教學必須以馬克思主義為指導，教學生學好課文和必要的語文基礎知識，進行嚴格的語文基本訓練，使學生熱愛祖國語言，能夠正確理解和運用祖國的語言文字，具有現代語文的閱讀能力、寫作能力和聽說能力，具有閱讀淺易文言文的能力。在語文教學的過程中，要開拓學生的視野，發展學生的智力，培養學生的社會主義道德情操、健康高尚的審美觀和愛國主義精神。

另外，這個教學大綱首先按初中階段和高中階段區別，規定了學段目標之後，又逐年級規定了年級目標，這些都屬於大綱的子目標，現在將階段目標分別抄錄於下：

> 初中階段，在小學的基礎上，繼續培養聽說讀寫的良好習慣，擴大識字量和詞彙量，進一步提高運用現代語文的能力。能閱讀一般政治、科技讀物和文藝讀物，正確領會

詞句的含義，理清文章的脈絡、層次，把握文章的中心思想和寫作特點。熟讀、背誦現代文和文言文的一些篇或段。能寫記敍、說明、議論的文章，做到中心明確，內容具體，條理清楚，語句通順，書寫清晰，不寫錯別字，正確使用標點符號。會使用常用的字典和詞典。能用較流利的普通話發言和交談。

高中階段，在初中的基礎上，進一步提高現代語文的閱讀能力、寫作能力和說話能力。能比較熟練的閱讀一般政治、科技讀物和文藝讀物，初步具有鑒賞文學作品的能力。能寫比較複雜的記敍、說明、議論的文章，做到中心突出，內容充實，結構完整，語句通暢。能借助工具書閱讀淺易文言文。

中學階段，要學習必要的語文基礎知識，包括讀寫知識、語法修辭知識、文學知識等。

除了上述將初、高中各劃分爲一個階段，分別制訂出初中目標和高中目標之外，還將每一年級做一階段，分別制定出初中一年級到高中三年級的「年級目標」。例如初中一年級的目標是：

閱讀能力：

一、閱讀記敍文，能理解文章的意思和記敍的特點。能用普通話朗讀課文。養成默讀的習慣，提高默讀的速度。

二、養成勤查字典的習慣，積累和掌握常用詞語，做到會讀、會寫、會用。熟讀背誦一部分課文或段落。

三、課外閱讀三、五本書。

寫作能力：

一、能寫五、六百字的記事、寫人的文章，做到中心明確，內容具體，能按照時間順序組織材料，寫清楚事情發生的起因、經過和結局。能運用一兩件具體事例，寫出人物的某些特點。

二、保持良好的書寫習慣，做到筆順正確，筆畫清楚，字形規範，字體力求美觀。作文書寫要行款格式正確，卷面整潔。

三、學習做讀書摘記。學習做聽講記錄，能記下標題和主要內容，練習寫日記。

聽說能力：

一、養成說普通話的習慣。

二、聽人說話，能集中注意力，聽清楚意思。回答問題，態度大方，聲音清晰，內容清楚。

三、能清楚的介紹課文、短篇讀物和影劇的主要內容。能用明白簡潔的語言講述故事和見聞。

基礎知識：

一、複習和運用漢語拼音。初步了解漢字的構字方法，辨識形聲字。繼續增加識字量。

二、正確理解詞語的含義，了解一詞多義的現象，學習詞和短語的知識。

三、複習學過的修辭，重點是比喻、擬人、誇張、引用、排比、對比等。

四、基本掌握標點符號的用法。

五、掌握記敍文的一般特點。

其他年級的目標也分「閱讀能力」、「寫作能力」、「聽說能力」、「基礎知識」四項，循序漸進，由淺入深地制定目標。值得注意的是，從初中二年級開始到高中三年級都增列了文言文閱讀教學的要求。

關於教學時數，初中三年，每週都是六小時，高中時，一年級每週五小時，二、三年級則爲四小時。每學期初中約十七週，高中約十六週，準於此，初中三年語文總課時爲六百一十二，高中爲四百一十六。課時分配的基本情況是：初中大致每兩週作文一次，每次三課時；語文知識每兩週一課時；講讀課文每篇二到三課時；閱讀課文每篇指導自讀一課時。高中也大致如此[9]。

綜合上述，我們可以發現海峽兩岸制定的教學目標有許多相類似的地方。如我們要求國中學生「養成倫理觀念，激發愛國思想，並宏揚中華民族文化」，高中學生「培養其倫理道德之觀念，愛國淑世之精神」；大陸也要求「培養學生的社會主義道德情操、健康高尚的審美觀和愛國主義精神」。而兩岸同樣把教學重點放在培養學生的語文能力上，如大陸要求「教學生學好課文和必要的語文基本知識，進行嚴格的語文訓練」，使學生「具有現代語文的閱讀能力、寫作能力和聽說能力，具有閱讀淺易文言文的能力」；我們則要求國中學生「繼續學習標準國語，培養聽話及說話之能力與態度」、「學習課文，明瞭本國語文之特質」，高中生則「研讀語體文，提高其閱讀及寫作語體文之能力」、「精讀文言文，培養其閱讀淺近古籍之興趣及寫作明易文言文之能力」。此外，「初步具有鑒賞文學作品的能力」「培養其欣賞文學作品之興趣及能力」以及重視作文教學等方面，都是兩岸教學目標相同之處⑩。

教材編纂

在教材編纂方面，我們是依據《課程標準》的規定，大陸也同樣規定在《教學大綱》內，我們國中教材編選的原則有六項：

一、課文之選材，必須同時具有語文訓練、精神陶冶及文藝欣賞三種價值（應用文注重實際應用價值），並切合學生心理發展及其學習能力。

二、課文教材爲求適應學生學習能力高低不同程度之施教，分必讀教材與選讀教材兩種。必讀教材，無論能力較低或能力較高之學生均須教學；選讀教材，可由教師斟酌學生程度自行增減（其增減量以不超過必讀教材與選讀教材總分量十分之二為限）。

三、編選課文時，應將三學年六學期所選用之教材，作通盤計畫，按內容性質、文體比例、文字深淺，作有系統之編排。

四、選文注重下列各點：

㈠思想純正，足以啓導人生眞義，培養國民道德者。

㈡旨趣明確，足以喚起民族意識，配合國家政策者。

㈢理論精闢，足以啓發思路者。

㈣情意眞切，足以激勵志氣者。

㈤材料新穎，足以引起閱讀興趣者。

㈥文字淺顯，適於現代生活應用者。

㈦層次清楚，便於分析者。

㈧詞調流暢，宜於朗誦者。

㈨韻味深厚，足以涵泳性情者。

㈩篇幅適度，便於熟讀深思者。

五、課外閱讀之選材，除前條各項原則外，應注意下列四點：

㈠事理易明。

㈡詞彙易解。

㈢語句易讀。

㈣結構易辨。

六、語文常識，包括語法、修辭法、文章作法、文字基本構造、書法、工具書使用法、標點符號使用法及演說辯論法等。舉凡課文內所具有之材料，應儘量剖析運用，並酌加補充。

而教材配置的比例也有規定：

一、各學年語體文與文言文分配之比例：

學年 百分比 文別	第一學年		第二學年		第三學年	
	第一學期	第二學期	第一學期	第二學期	第一學期	第二學期
語體文	八〇%	七〇%	六〇%	六〇%	五〇%	四〇%

文言文	二〇%	三〇%	四〇%	四〇%	五〇%	六〇%

說明：㈠右表所列之百分比，第一、二學年語體可酌增，文言文可酌減，但其增減量，均以百分之五爲限。

㈡語體文應選其詞彙語法合於國語者；文言文應採明白曉暢之作，且適合時代潮流者。

二、各學年各類文體分配之比例：

文別　百分比　學年	第一學年	第二學年	第三學年
記敘文	四五%	三五%	二〇%
論說文	三〇%	三五%	四五%
抒情文	二〇%	二〇%	二〇%
應用文	五%	一〇%	一五%

說明一：㈠右表所列之百分比，可斟酌增減；但其增減量，以百分之五爲限。

㈡所選各類文體，一年級內容以銜接國小六年級國語課本程度爲原則，二、三年級逐漸加深。

說明二：㈠記敘文宜由寓言故事入手，漸入於人、事、情、物之描述及名人之傳記。二、三年級，並宜酌採記言或記事中附有意見感想者，以啓導論說文之學習。

㈡論說文宜由短篇入手，以至於夾敘夾議及理論精確之教材；三年級並可略選有辯論性之教材。

㈢抒情文宜取其眞摯感人者。如係舊體詩歌，宜選淺顯明白者。舉凡矯揉虛飾及消極頹廢之作，應予避免。

㈣應用文以書啓、柬帖爲主，其他有關應用文之各類體例，列爲附錄。

高中國文之敎材內容可分爲「範文」、「中國文化基本敎材」、「課外讀物」三種。範文敎材分精讀範文、略讀範文兩類；精讀範文以簡練爲主，略讀範文以淺近爲主。關於範文選材與編輯要點如下：

選材原則：

一、思想純正，足以啓發人生意義，培養國民道德者。

二、旨趣明確，足以喚起民族意識，配合國家政策者。

二、內容切時，足以培養民主風度及科學精神者。

四、情味濃厚，足以培養欣賞文學作品之興趣者。

五、理論精闢，足以啓發思路者。

六、情意眞摯，足以激勵志氣者。

七、文字雅潔，足以陶鍊辭令者。

八、篇幅適度，便於熟讀深思者。

九、層次分明，合於理則者。

十、文詞流暢，宜於朗誦者。

編輯要點：

一、範文教材分配比例：

㈠各學年語體文與文言文之比例：

學年 百分比 文別	一	二	三
語體文	四〇%	三〇%	二〇%
文言文	六〇%	七〇%	八〇%

說明：1.上表所列百分比，可酌量增減，但以百分之五爲限。

2.語體文除現代作品外，可酌採古人接近語體之作。文言文宜儘量採用古代典籍內明白通暢，含有嘉言懿行堪資表率之篇章，或酌採時代代表作品，先從近代，上溯至古代。

㈡各學年各類文體之比例

文別＼百分比＼學年	一	二	三
記敘文	三〇%	二五%	二〇%
論說文	四〇%	四五%	五〇%
抒情文	三〇%	三〇%	三〇%

說明：1. 各體文篇數之總和，應用文應占百分之二十。
2. 上表所列之百分比，可酌量增減，但以百分之五爲限。

二、各篇相關之教材，應求密切之配合。

三、範文教材之注釋以語體文爲原則，其有引用成語典故，而文字深奧者，應再加說明，俾學生易於了解。

四、凡注釋範文教材引用他書之文字，應顧及文意之完整，不可斷章取義（其原作者斷章取義者，應加以說明）。

另外，關於「中國文化基本教材」及「課外讀物」的教材內容如下：

中國文化基本教材：

一、中國文化基本教材之內容，選授《論語》、《孟子》及《大學》、《中庸》。

二、教材之編選，應依據其義理，採用分類編輯，先闡明章旨，必要時譯為語體，或加以申述。

課外讀物：

課外讀物之選材，除中外名人傳記古今明白通暢之書牘、札記外，應酌選近代純正優美之文藝作品，及有關敦品勵志之論著。

民國七十三年八月，國立編譯館依據七十二年七月教育部公布的《國民中學國文課程標準》，編輯出改編本的國中國文教科書一、三、五册，七十四年一月再出版二、四、六册。其中一至五册，每册都是二十課，第六册則是十八課，六册合計一百一十八課。每一册範文必讀、選讀的篇數及文體的分配，完全依照課程標準的規定。選讀部分，教師可根據學生學習能力選授或不講授；每一篇範文之後還有「題解」、「作者」、「注釋」以及「問題與討論」，此外，為了加強語文訓練，在每一册中配合學習的需要，循序漸進地安排三篇「語文常識」，並在每篇「語文常識」之後，各設計一次練習。七十五年八月，國立編譯館依據七十四年四月時教育部修訂公布《國民中學國文課程標準》，並自七十八年起參酌使用意見，再次改編國中國文課本。實際上七十四年四月公布的《國民中學課程標準》，其中《國文課程標準》並未改變，因而新版的國文課本，只是開本由原來的二十五開增大為十六開，並抽換了幾篇課文而已，其餘編排仍照往例。

民國七十二年二月，臺灣省政府教育廳遵照省主席林洋港先生指示「中小學校應加強《論語》教學」而編輯《國民中學論語精選讀本》，由《論語》篇章中選錄一百五十章，規畫爲五個學期施教之用。全書以篇章爲次序，先列原文，其次爲章旨、註釋，最後爲語譯。所選篇章力求適合國中學生，易於理解，力行實踐者爲優先。然而立意雖美，卻因爲不在《課程標準》之內，加上並非考試範圍，使得各學校教師或講授、或不講授，形同虛設。

現行的高中國文課本，也是國立編譯館依據民國七十二年七月公布之《高級中學國文課程標準》編輯而成。七十三年八月初版第一册，以後每一學期出版一册，至七十六年一月出齊六册。其中一、二册每册選錄範文十五課，三、四、五册每册十六課，第六册則爲十四課，六册總共九十二課。每一册課文，都分「精讀」、「略讀」兩類，對於「精讀」部份的課文，教師大多要求背誦全課或某些段落。每一篇範文之前都有「題解」、「作者」，範文之後則加「注釋」；「題解」說明本文之出處及內容，「作者」介紹作者生平、著作、作品風格及在文學史上之地位，「注釋」解釋生字、難詞、難句之意義、讀音與出處。今年新學年開始，高中國文課本將有幾篇被汰換，但編排方式仍不會改變。

此外，高中學生還要研讀《中國文化基本教材》。從民國四十六年開始，《中國文化基本教材》就加入了高中國文課程中，而教材的內容只選錄了《論語》、《孟子》的重要篇章，不加注解；民國六十年以後，加上了詳細的注釋，內含白話譯解，並有「章旨」的說明。民國七十二年，改編本的內容加選了《大學》、《中庸》部份；編輯方式是採用陳立夫先生所著《四書道貫》的體例編輯而成，共分六册：第一册講格物及致良知（上）；第二册講致良知（下）及誠意、正心；第三、四兩册講修身；第五册講齊家；第六册講治國、平天下。每册各依《四書道貫》的章次，編爲十四課；每課徵引《四書章句》並說明之。這套新教材自開始使用以來，就不斷引起教師們的質疑與反對，以及學術界、文化界的嚴重關切[11]，以致民國七十七年八月，國立編譯館開始修訂出版現行本教材。現行的教材是採用分類編輯的方式，先闡明章旨，必要時譯爲語體，或加以申述。爲切合學生之學習心理與能力，採由淺入深方式，先授《論語》，次授《孟子》，再授《大學》、《中庸》，因此在六册教材中，一、二、三册選授《論語》，四、五册選授《孟子》，第六册則選授《大學》、《中庸》。內容編排是以分類課目爲主，如「孔子之爲人」、「論學」、「論仁」等，將相關的篇章選入，先列原文，再加注釋，而後用「章旨」說明。另外，每册將所選各章，都依照朱熹《四書集注》的篇章次序，分別列於各册之後，作爲索引。

大陸的教科書編纂，也是依據他們的《全日制中學語文教學大綱》，在《大綱》的「教材內容」中包括了「課文」、「注釋」、「思考和練習」、「語文基礎知識」四項。其編輯原則，分述如下：

一、課文：課文要選取文質兼美、適合教學的典範文章。

㈠思想內容好。入選的作品，要符合教學目的中提出的思想教育要求，有助於培養學生從事祖國現代化建設的獻身精神，有助於學生辯證唯物主義和歷史唯物主義世界觀。選取古代作品，要體現批判繼承的原則。入選的外國作品，要有進步的思想內容。爲了培養學生的分析鑒別能力，可以選入少量帶有消極因素而藝術性較高的名篇。

㈡語言文字好。入選的現代作品，語言文字要合乎規範，在用詞、造句、布局、謀篇等方面具有典範性。入選的古代作品，應是有定評的名篇，文字比較平易。入選的外國作品，譯文要在保持原著風格的同時，力求合乎現代漢語的規範。

㈢適合教學。課文的深淺難易，必須符合學生的年齡特徵和接受能力，應該是經過一定的努力，教師能教好，學生學得了的。課文的篇幅一般不宜長，根據教學的需要，長篇作品可以採用節選的辦法，較長的文章在不損傷原作精華的情況下可以刪節。入選文章的題材和體裁力求豐富多樣，能引起學生的學習興趣。文字上根據教學需要可以作必要的加工。

教材分編六册，高中六册，基本篇目一百九十篇，其中初中一百一十篇，高中八十篇。除基本篇目外，各省、市、自治區教育部門根據實際情況，可以對通用教材中的其他課文抽換，也可以自編普通教材。

二、注釋：注釋是爲了幫助學生讀懂課文，提高學生的自學能力。注釋的深淺、詳略要照顧到課文特點和年級特點。

三、思考和練習：思考和練習是爲了幫助學生領會課文的思想內容和寫作特點，有計畫的進行語文訓練。思考和練習要有啓發性，形式多樣，要求具體，深淺適度，講求實效。在安排上要有計畫，注意前後聯繫。教師對思考和練習可以根據教材和班級的實際情況，靈活運用。

四、語文基礎知識：語文基礎知識對培養語文能力、發展智力具有重要作用，要力求做到精要、好懂、有用。要和課文結合起來教學，緊密聯繫學生聽說讀寫實際，著重於運用，不要用名詞術語去考學生。

讀寫知識按記敍、說明、議論等表達方式的順序，選擇若干要點，寫成短文，配合有關單元教學。

語法知識選擇切合實用的若干知識點，寫成短文，並附練習，安排在初中教學。修辭知識選擇若干修辭方法，結合練習介紹。

文學知識主要通過課文注釋對有關作家作品進行簡要介紹。初中簡略介紹各種文學體裁，高中簡略介紹我國的文學史常識。

文言語法通過注釋、練習、短文介紹一點常識，幫助學生理解文言文。

根據上述的編輯原則，大陸的人民教育出版社在一九八八年秋季時出版了新編《初級中學語文課本》和《高級中學語文課本》。新的初中語文課本按教學單元編排，每一個單元有下列項目：

1.單元教學要求。提出了單元教學的基本要求，是一切教學活動的中心。

2.課文。分爲講讀課文，課內自讀課文，課外自讀課文三類。講讀課文，集中體現單元要求。課文前有學習重點（卽本課學習目標），課文後有思考題和練習題，思考題一般是大題，提出一些有啓發性的問題，引導學生掌握文章的思路、線索；練習題是小題，著重於語文能力訓練，讀寫聽說和字、詞、句、段、篇等都有安排，並力求具體明確。課內自讀課文前有學習重點，還有自讀提示，課文後則有練習。自讀提示，提出了本課的線索、重點、難點，幫助學生理解課文。課外自讀課文在課文前只有自讀提示。

3.作文訓練、聽說訓練和知識短文。（知識短文不包括現代漢語。現代漢語的知識短文集中安排在初中一到五册課本後面）這些內容和該單元閱讀訓練緊密結合⑫。

像這樣的單元，初中六册課本，每册有八個單元，每單元有五課，因此初中語文每册有四十課，六册共二百四十課，其中文言文有四十五篇，占總篇數的百分之十九。

《高級中學語文》課本的編排與初中的相類似，在篇目分配上，三年共四十五個單元，一百九十篇課文。其中第一到四册各八個單元，第五册七個單元，第六册六個單元⑬。按照文體來分，六册共有議論文九單元，記敘文六單元，說明文、詩歌各三單元，散文兩單元，文言文十六單元，小說四單元，戲劇、應用文各一單元。其中文言文八十篇，約占總篇數的百分之四十。

以上是大陸中學語文課本的概略介紹，實際上人民教育出版社還出版一套分科型的《初級中學語文課本閱讀》、《初級中學語文課本作文・漢語》，只不過目前《全日制中學語文教學大綱》是綜合型的，因此本文只介紹《初級中學課本語文》、《高級中學課本語文》，分科型的只得捨棄了。

從兩岸國語文教科書的編纂來看，我們發現雙方對讀、說、聽、寫的語文能力都很注重，作文教學也受到相當的重視，只不過不容易從我們的教科書上看出來。至於文言文教學，顯然是我們較彼岸注重，然而相對地在現代文學方面，我們則不如人家了。此外，雙方在政治掛帥的影響下，與政治有關的範文都不能避免，可是，似乎彼岸比我們更嚴重許多，有關意識型態的文章，大陸更是比我們教條化多了。然而，不管怎麼說，雙方在選文方面以及編輯原則方面仍有不少共通之處，而如何再以它山之石，從異中求同，進而縫合兩岸曾經迸裂的傷口，應該是這一代知識分子的責任吧！

附注

❶ 參考教育部國民教育司編《國民中學課程標準》（臺北市，正中書局，民國七十五年八月修訂再版）附錄〈國民中學課程標準修訂經過〉，頁四〇九－四三二；朱紹禹編著《語文教育學》（北京，中央廣播電視大學出版社，一九八七年七月第一版、十月第一次印刷）第一講〈中學語文科的變遷〉，頁一〇－一三。

❷ 參考張厚感〈建國後中學語文教材的回顧與展望〉，《河北師院學報（哲社版）》一九八九年第一期，頁一三三－一三九；魏怡〈中國大陸中學語文教學概說〉，《國文天地》第五卷第八期，民國七十九年一月，頁七一－七三。

❸ 武漢師院、西南師院、北京師院等十二院校中文系編寫《中學語文教學法》（北京，人民教育出版社，一九八〇年四月第一版、一九八七年二月第八次印刷）第一章〈中學語文科的性質、目的和內容〉，頁九。

❹ 朱紹禹編著《中學語文教學法》（北京，高等教育出版社，一九八八年四月第一版、第一次印刷）第二章〈中學語文科的內容〉，頁三一。

❺ 參考朱紹禹編著《語文教育學》（北京，中央廣播電視大學出版社，一九八七年七月第一版、十月第一次印刷）第一講〈中學語文科的變遷〉，頁一〇－一三。

❻ 參考葉于釧〈課程標準與教育革新〉，《國教輔導》二十二卷九期，民國七十二年九月，頁一三一－一五。

❼ 黃錦鋐先生〈高中國文課程標準與教材之探討〉，《臺灣教育》四四五期，民國七十七年一月，

頁九—一二。

❽ 參考朱紹禹編著《中學語文教學法》（北京，高等教育出版社，一九八八年四月第一版、第一次印刷）第二章〈中學語文科的內容〉，頁三六—三七；于滿川、楊履武、顧黃初等主編《語文教學論》（南京，南京大學出版社，一九八九年七月第一版、第一次印刷）第三章〈中學語文學科的教學大綱〉，頁四一—四五。

❾ 參考魏怡〈中國大陸中學語文教學概說〉，《國文天地》第五卷第八期，民國七十九年一月，頁七一—七三。

❿ 參考郭國英〈大陸・臺灣・香港語文教學目標比較談〉，《語文學習》一九九〇年第一期，頁一八—二一。

⓫ 參考戴璉璋先生〈儒學教育困境下的省思——以臺灣中等學校的《四書》教育爲例〉，《國文天地》第四卷第六期，民國七十七年十一月，頁一〇二—一〇六。另外，有關探討改編本《中國文化基本教材》的文章，僅刊載於《國文天地》的就有十幾篇；該刊並在第四卷第二期以「期待高中《中國文化基本教材》的新面貌」爲專題，邀請專家學者與教師擧行座談會，對教材的修訂重編提供了具體的意見。

⓬ 參考段裕民〈掌握特點正確使用初中語文新課本〉，《四川教育》，一九八八年第十一期，頁三七—三八。

⓭ 關於大陸中學語文課本的全部課文篇目，可參考國文天地編輯部〈比一比，看一看——大陸中學生讀什麼樣的語文課本？〉，《國文天地》第六卷第十一期，民國八十年四月，頁七一—七九。

大陸高級中學語文科教材實施古典文學教學分析研究

周純一
行政院大陸工作委員會文教處

一、前言

大陸實施高中語文教學，所採用之課本，乃根據中共國家教育委員會制定的《全日制中學語文教學大綱》，在一九八三年版全日制高級中學語文課本的基礎上修訂而成。修訂本於一九八七年十月問世後，至今已使用三年餘。本文擬以此六冊教材之內容，探討高級中學實施古典文學教學之概況，並針對課本內容分析中共在高級中學語文科教學中，古典文學教學之比例及其實施方法，供臺灣教育界及學界之參考。

二、大陸高級中學語文科修訂要點評析

一九八七年十月，人民教育出版社語文二室修訂這套教材，修訂的要點如下：

1.在初中的基礎上，進一步提高學生的現代語文的閱讀能力、寫作能力和聽說能力，培養

學生初步的文學鑒賞能力和借助工具書閱讀淺易文言文的能力。讓學生紮紮實實地學習語言基礎知識，認認真真地培養讀寫基本能力，生動活潑地發展智力。

2. 重視思想教育。思想教育滲透在語文教學的過程中，潛移默化，培養學生的社會主義道德情操、健康的審美觀和高尚的愛國主義精神。

3. 着重建立現代語文讀寫能力的訓練序列。知識點和訓練點的覆蓋面要廣，縱向要注意循序漸進的序列，橫向要注意互相滲透。突出重點，由易到難，以簡馭繁。課本結構要體現綜合性、序列性、實用性，易教易學。

4. 面向大多數學生，編得有適當的彈性。確保落實基本要求，又能夠適應部分學生進一步提高的要求。

5. 以大綱規定的高中階段的八十篇基本課文為基礎，儘量採用一九八三年版課本中原有課文，同時酌情調換部分課文，特別是增添反映當代社會生活的新課文。因顧及訓練系列，有些基本課文沒有講讀課文，教學中要加强指導[1]。

根據此修訂要點，可瞭解中共新修語文科教材主要目的在提高學生現代語文的讀、寫、聽的能力，以提昇文學鑒賞力，對文言文的閱讀則定位在借助工具書以閱讀淺易文言文爲目標。其次第二點「重視思想教育」，以培養學生的社會主義道德情操爲主。從各類輔導進修的教材中，更可清楚的觀察這種思想教育的強烈傾向：

古典作品受到時代和作者世界觀的局限，往往存在著這樣或那樣的錯誤的或不夠正確

的觀點，因此，我們在閱讀古典作品時，一定要注意批判。❷

這裏所稱的「錯誤」及「不夠正確」的觀點，立場自然來自馬克思列寧主義。在此主義的原則下必須要「改造我們的學習」❸有如下一段解釋：

其次說到學習國際的革命經驗，學習馬克斯列寧的普遍真理。許多同志的學習馬克斯列寧主義似乎並不是為了革命實踐的需要，而是為了單純的學習。所以雖然讀了，但是消化不了。只會片面地引用馬克斯、恩格斯、列寧、斯大林的個別詞句，而不會運用他們的立場、觀點和方法，來具體地研究中國的現狀和中國的歷史，具體地分析中國革命問題和解決中國革命問題。……（語文課本第四冊，第四頁—第五頁）

因此，新版課本「斟情調換」的一九八三年版舊課文，極可能是在立場和觀點上不符合主義的要求才被抽換。而編委們所奉行的重視思想教育原則，更進一步落實在新課文中。足以說明中共語文科教育雖將提高學生語文能力列爲第一條目，而事實上如何將思想教育滲透在語文教學的過程中，潛移默化，培養學生的社會主義道德情操等，才是最主要的目標。內地的漢人教育如此，少數民族也不例外。一九五九年九月十五日中共文化部、教育部、國家民委聯合所召開的「全國少數民族出版工作會議」，會議確定：

各少數民族地區的中小學和師範學校應譯用或採用全國通用的教科書，另外自編本民族語文教材的編譯，必須以黨和國家的教育方針為指導思想。在教材的政治內容上要用社會主義、共產主義和愛國主義的思想教育學生。❹

這個決議完全是根據一九五八年九月《中共中央國務院關於教育工作的指示》中的決議：

> 教育的目的是培養有社會主義覺悟，有文化的勞動者，這是全國統一的，違反這個統一性，就破壞了社會主義教育的根本原則，但是在這個統一的目標下，辦學的形式應該是多樣性的。

個人所以費力援引文字，旨在說明高級中學語文科的教學目標，也是在社會主義教育的根本原則下，作迎合「統一目標」的教材而已。這個基本觀點的認知十分重要，對下文探討課文內容及課本結構時，在立場的批判上預作說明。

三、大陸高級中學語文科教材之內容及課本結構分析

這一套高中語文科教本適用三年六個學期，共有四十五個單元，共選用一百九十篇課文及十四個附錄。課本的內容有：

1. 議論文、記敘文、說明文、應用文的讀寫知識和能力訓練；
2. 聽說的知識和能力訓練；

3. 文學鑒賞的知識和能力訓練；
4. 文言文的閱讀知識和能力訓練；
5. 現代漢語的重點知識和能力訓練；
6. 相應的附錄（如現代漢語詞語表、文言實詞表等）。

單元分配情況如下表：

冊＼單元＼文體	議論文	記敘文	說明文	應用文	散文	詩歌
第一冊	一	二	一		一	
第二冊	一	二	一		一	
第三冊	二	一				
第四冊	二					一
第五冊	二			一		一
第六冊	一	一	一			一
小計	九	六	三	一	二	三

小說			二	一	一		四
戲劇				一			一
文言文	三	三	三	三	二	二	一六
小計	八	八	八	八	七	六	四五

每一單元都有「單元教學要點」、「課文」、「單元知識和訓練」。其中「單元教學要點」是列在每一册編輯說明中的「課本結構一覽表」內，用以指明全册單元的教學要點（主要從閱讀和寫作着眼），並不列於各單元之首❺。至於「課文」則是每個單元有四—五篇，其中首二篇是「講讀課文」，這兩篇是必教的課程，最能符合所較教學要求，體現單元教學要點，課程內設計有「預習提示」，課後附有「思考和訓練」，用以檢查教學後的學習效果。除了「講讀課文」以外，每單元選有二—三篇的「自讀課文」，自讀課文的第一篇是學生必讀的，其餘則不作要求。自讀課文編有較爲詳細的自讀提示和練習題（側重語言訓練）其目的在於輔導學生自讀、自測，以培養和檢驗學生的閱讀能力。課文以後的「單元知識和訓練」是配合該單元的知識和訓練，乃根據需要安排少量的參閱材料，是屬於「基礎知識」專供學生自學，教師在適當時機進行指導，不能當作主要內容實施教學。

在課程安排上，高一、高二、高三的每週上課時數爲五：四：四小時。規定第一到第五學期每學期教學十六週，每兩週教學一個單元（卽兩課「講讀課文」及一課「自讀課文」）。高二、高三每學期要留四小時指讀「課外閱讀」（另編課外讀本，每學期一本）❻。各校可以酌情調整閱讀時間。這《課外閱讀》乃配合一九八三年版《高中語文》課本，作爲學生課外自學之用。其目的在：

> 語文教學的實踐證明，要學好語文，既要認真搞好課內的學習和訓練，又要搞好課外的學習和訓練。課內外結合起來，互相促進，才能更有效地提高語文能力。《課外閱讀》是課內課本的補充和延伸，是系列教材的組成部分。選文時，我們除考慮體現課內教學要求外，還注意到了內容豐富多樣和時代氣息。❼

這套《課外閱讀》的選文按單元編排，基本上採取和課內課本的單元相對應。更值得注意的是編者爲了培養學生文學鑑賞力，每册增加了一個古代詩歌單元，依文學史的前後順序，安排在六册《課外閱讀》中：

第一册　魏晉南北朝詩歌
第二册　唐代詩詞
第三册　宋代詩詞
第四册　元代詩歌（包括散曲）
第五册　明代詩歌
第六册　清代詩歌

除此之外，爲了滿足學生讀寫應用文的需要，增加了廣告、合同、調查報告、總結、訴狀等應用文單元。在學生有需求時可以自修學習。雖然《課外閱讀》的內容是不列入考試範圍的，但很明顯中共語文教材的編寫是相當仔細和實用的，一套課本配合一套課外閱讀，不但可以適用各階層人士進修之用，更可取以適用各種不同程度之學生，作彈性教學之教材。

有關課文結構一覽表，已完整附載於本文註❺，此結構表主要說明每一單元的「教學要點」與「單元基礎知識和訓練」。其中「單元基礎知識和訓練」分成三部：「閱讀」、「寫作」和「聽說」。「閱讀」是包括各種文體的閱讀知識，能力訓練和閱讀方法。「寫作」包括能力訓練同文體知識相結合，同閱讀儘量配合，並規定每學期安排單元作文五至六篇，片段作文若干次。「聽說」則包括六種形式：講述、討論、採訪和答問、演講、辯論、口頭報告。規定高一「聽說」訓練同記敍文教學相配合，高二同議論文教學相配合，以訓練學生的聽說能力。至於「語言訓練」則貫串於六册之中。對於文學作品、文言文則從閱讀角度設立單元，教導學生對實詞、虛詞的用法，並讓學生了解文言句式，了解一詞多義，古今異義，詞類活用和常見通假字。以上是對課本結構一覽表的要點說明，從這六册的結構表可以清楚看出每一種文類的比重，本文擬就其中的古典文學部分，就全部比重與選文內容及教學要點作一分析，以見其高級中學古典文學教學之端倪。

四、大陸高級中學語文科實施古典文學教育之分析

從一百九十課的名目❽可以清楚一覽所有課目的性質，個人在這些課目前所作的「○」符號，是個人標示屬於古典文學課程的標誌，原則上以民國前後爲分界點，民國前之白話小

說及民國後之古文均列入古典文學範疇，並非另立標準，爲便於區別新文藝課程與古典文學課程之不同，俾便統計與分析之時有所憑依。

以下是個人分析古典文學課程在語文課本所佔之比率：

課本	全部古典文學佔全部課程之比率：課數比	全部古典文學佔全部課程之比率：比率	必講必選古典文學佔所有必講必選比率：課數比	必講必選古典文學佔所有必講必選比率：比率	必選古典文學佔必選課程之比率：課數比	必選古典文學佔必選課程之比率：比率	必授古典文學佔全部必授之比率：課數比	必授古典文學佔全部必授之比率：比率
第一册	13課/36課	13/36	9課/24課	3/8	3課/8課	3/8	9課/24課	3/8
第二册	13課/34課	13/34	6課/16課	3/8	3課/8課	3/8	9課/24課	3/8
第三册	12課/32課	3/8	6課/16課	3/8	3課/8課	3/8	9課/24課	3/8
第四册	17課/32課	17/32	9課/16課	9/16	4課/8課	1/2	13課/24課	13/24
第五册	12課/30課	2/5	10課/21課	10/21	3課/7課	3/7	7課/14課	1/2
第六册	13課/26課	1/2	9課/18課	1/2	3課/6課	1/2	6課/12課	1/2

根據此一分析表所顯示之現象，中共高級中學語文科教材古典文學課程教學在第一、二、三册佔全部課程的八分之三，顯示對白話文訓練的比重較爲偏重，第四册古典文學課程佔全部

課程的二分之一強，顯示第四冊開始強化古典文學教學，尤其是在第四冊裏增加了「詩歌」單元和「古典小說」單元，因此在比重上增加了許多。第五冊、第六冊古典文學教材之比例大致維持在二分之一。古典與現代並重，但是課本性質的差異，在古典與現代方面卻有很大的不同：現代白話文的選文在思想性、政治性的課程比例偏高，以第一冊爲例，在必教的「講讀課文」和必讀的「自讀課文」總數是二十四課，有六課是與思想政治有關：

第一單元三篇，除了魯迅的〈拿來主義〉是以攻訐三〇年代國民黨對繼承文化遺產的政策，提出要以馬克斯主義批評地繼承中國的文化遺產，除打擊敵人外，更在「學習提示」中肯定毛澤東的「古爲今用」、「洋爲中用」的精神是超然有識見的。這篇文章是「魯迅」的看法，卻拿來當做肯定政治領導人物的偉大性，雖然有些荒謬性，卻保持作者個性與筆風，另兩篇就更離譜了，〈善於建設一個新世界〉是具名《人民日報》的特約評論員；〈如何用徹底的唯物主義精神對待黨的領導〉具名人是《紅旗》雜誌特約評論員。這兩文甚至不知眞實作者的名字，選此文爲了鼓吹四個現代化和堅持共黨的領導威信，教學重點擺在思想教育上是很明顯的。第三單元〈記念劉和珍君〉又是魯迅的作品，主要敍述三〇年代奉系軍閥在「三・一八」慘案殺害學生的暴行，魯迅以同情的態度對當時政治環境予以痛斥，展現前代統治下的黑暗面，同時也展示共黨作家的哀悼，激起青年學子對前代政治的憤怒。此一課仍是政治目的的選文。〈爲了六十一個階級弟兄〉是描述山西平陸縣有六十一個人食物中毒，經共產社會主義的急難救助，挽回了人命，主要在歌頌社會主義制度的優越性。這一課作者又是無名氏，是《中國青年報》記者所撰，原文刊在一九六〇年四月號《人民文學》，課本編選者並擅自刪改原文。很顯然這一課的選擇是政治取向的。〈爲了周總理的囑托——記農民科學家吳吉昌〉是穆青、陸拂爲、廖由濱三人共同的創作，原文刊在一九七八年三月十四日《人民日報》，編入課本時已有刪動。這一課雖屬於「自讀課文」，卻是必選的課，乃記述四人幫時代迫害棉花工人吳吉昌的經過，選此文的用意乃在突出四人幫的爲惡，取向仍是政治性的。白話文的必授必選課程有十五課，思想課文佔了六個單元，比率是五分之二，從此處不難理解中共高級中學語文科教學教材的編定是別有用心的。

在古典文學的選文上，十分的活潑，像第一册《史記・廉頗藺相如列傳》、《資治通鑒・赤壁之戰》、《戰國策・鄒忌諷齊王納諫》、王安石〈游褒禪山記〉、蘇軾〈石鍾山記〉、李漁〈芙蕖〉、《呂氏春秋・察今》、韓愈〈師說〉、《呂氏春秋・察傳》。另三個單元知識和訓練都能夠有效針對課文，提倡讀者更深入的思考。在第一册頁二百九十五的「單元知識和訓練」主題是「怎樣學習文言文」，很清楚的揭示文言文訓練的方法和目的：

> ……高中階段一共有十六個單元，要學六十多篇文章，閱讀近二十篇知識短文和進行多項訓練。目的是「能借助工具書閱讀淺易的文言文」。[9]

由於文言文在整個文化遺產中佔了極大的比率，因此中共認爲：「學習一定數量的文言文，培養起獨立閱讀淺易文言文的能力，首先是爲了批判地繼承祖國豐富的文化遺產，爲今天建設社會主義文明服務，這是『發展民族新文化提高民族自尊心自信心的必要條件』；同時爲了了解古今漢語的繼承和發展的關係，學習古人語言中有生命的東西，學習古人遣詞造句、立意謀篇的寶貴經驗，從而更好地掌握現代漢語，豐富現代漢語，準確而熟練地運用語言文字這個工具，爲『四化』建設服務。」可謂將文言文教學之近階段目的闡述得十分淸楚。爲了滿足或達到這個要求，編者認爲要具備四個條件：

⑴切實掌握一定數量的文言實詞和常見的文言虛詞；

⑵熟悉文言特殊句式；

⑶了解文言文行文的一些特點；

⑷懂得一些古代文化知識和古代文體知識⑩。

這四個條件的養成必須在學習中做到三點：第一「積累」，一學期起碼要積累六十個左右的實詞，要掌握它的各種意義和用法；第二「誦讀」，是學習古文基本功，通過反復的誦讀，才能獲取比較牢固而且豐富的感性知識。第三「領悟」，即自己分析、鑒別和比較，甚至可以把猜測也包括進去。除此之外「掌握和使用工具書」是古文學必備的基本能力。對於每個不懂的漢字都應檢索字典，其基本知識和訓練是這樣的：

1.要求學生熟練掌握幾種查檢法（音序、形序）；

2.要善於結合上下文的意思去確定所查字的讀音並選擇義項；

3.查閱解放以前出版的字（辭）典，要注意它的政治思想傾向，要用歷史唯物主義觀點去辨別分析其中某些注釋。

在這基本訓練下暴露幾個根本大問題，首先是文字繁簡問題，造成偏旁查索上的困擾，由於古代的典籍都非中共簡體字，因此，在簡化時若干引申義字、假借義字更爲混淆，再加上中共中學生習簡體字已經習慣，目前課文中最難的是要求學生能將「尘」、「书」、「韦」、「线」、「尽」、「刘」等字，正確無誤的寫出其原形，再考學生究竟有多少筆劃，這項訓練對大陸學子是項負擔，也是學習文言文中去翻查原典時常會遇上之麻煩。其次是注釋的思想性，在其唯物觀十分堅持的原則下，實在無法容得下其他不用觀點的解釋，因此我們在理解大陸古典文學教學時，在解釋文義上，一定不可忽略其政治思想傾向，及其特殊的觀點。

爲徹底了解其文言文教學，特將其全部文言文有關之單元訓練標題歸納於後，以供參考：

第一册
1.「如何學習文言文、掌握和使用工具書」
2.「誦讀的要領」
3.「學習文言實詞應注意的幾點」

第二册
4.「學習文言虛詞應注意的問題」
5.「詞類活用」
6.「常見的文言虛詞用法」

第三册
7.「斷句」
8.「常見文言句式」
9.「常見文言虛詞」

第四册
10.「文言文的翻譯」
11.「省略和倒裝」
12.「學點古代文化知識」

第五册
13.「古代詩歌的優秀傳統」
14.「小說的閱讀」
15.「文言文虛詞用法」

16.「文言文複音虛詞」
17.「古代詩歌的藝術欣賞」(風格、意境、用典)
18.「文言文中的修辭」
19.「文言文常見的文體及其特點」
20.「我國的古典文學」

第六册

以上每一單元均有十分簡要的內容，將學習古典文學的基本知識傳達給高中學子，就整體編排上而言，是極具水準，極爲用心的教材，再配以相同性質的「課外閱讀」課本，更具巧思，對有心從事藝文研究或語文寫作的學子，提供了一套完整聽講和自修的教材，此絕非彼岸的我們所能相比的。其內容深度又較我們爲深，不知大陸的語文教師在教學時是否能順利達成目標？而學子們是否有學習上的困擾？本文僅就教材探索，尙屬粗淺，有許多複雜之問題不能深入，必須等待將來實際探訪大陸高中之各地區教學情形，再另外探討。

附　註

❶ 根據《高級中學語文課本》第一册「說明」，人民教育出版社語文二室編，人民教育出版社出版，北京出版社重印，北京市新華書店發行，一九八七年十月二版，頁一—二。

❷ 《中國古典文學名著題解》，中國青年出版社，新華書店經銷，一九八〇年六月北京第一版，頁一。

❸ 《毛澤東著作選讀》(甲種本)，一九四一年五月共產黨整風運動中之一篇重要報告，選入高級中學語文科課本第四册第一單元之第一課。

❹ 見《中國少數民族教育發展與展望》，林勝一主編，內蒙古教育出版社出版，一九九〇年五月，

頁三六。

⑤中共高級中學語文科教材一—六冊課本結構一覽表：

第一冊

單元	文體	教學要點	單元知識和訓練：閱讀	寫作	聽說
一	議論文	把握觀點和材料的關係	△歸納段意理解主旨	選準角度確定論點	
二	記敍文	寫景狀物的一般要求	摘錄要點	多角度的搜集材料	
三	記敍文	1. 記事的線索和順序 2. 人物描寫		△根據材料提煉中心	講清楚比較複雜的事情
四	說明文	抓住事物的特徵說明事物		抓住事物的特徵說明事物	
五	散文	散文的景和情	怎有鑒賞文學作品	修改文章——中心的確立和深化	
六	文言文	1. 怎樣學習文言文 2. 掌握和使用工具書			
七	文言文	誦讀的要領			
八	文言文	學習文言實詞應注意的幾點(一)(二)			
附錄	現代漢語詞語表 文言常用實詞表				

第二冊

單元	文體	教學要點	單元知識和訓練：閱讀	寫作	聽說
一	議論文	圍繞中心論點展開論述	△剖析結構理清思路	根據論點選擇論據	討論
二	記敘文	選材和剪裁	專題卡片	△根據中心處理材料 △安排好結構	採訪和答問
三	記敘文	記敘文的構思		運用聯想和想像	
四	説明文	按合理的順序説明事物	自然科學讀物的閱讀	按合理的順序説明事物	
五	散文	散文的形和神		修改文章——材料的選擇和剪裁	
六	文言文	學習文言虛詞應該注意的問題 常見文言虛詞用法(一)			
七	文言文	詞類活用			
八	文言文	常見文言虛詞用法(二)			
附錄	現代漢語詞語表 文言常用實詞表				

第三冊

單元	文體	教學要點	單元知識和訓練：閱讀	單元知識和訓練：寫作	單元知識和訓練：聽說
一	議論文	把握論證結構的多樣性，如並列式、層進式、對照式	社會科學讀物的閱讀	合理安排論證結構	演講
二	議論文	論證方法（歸納法、演繹法、例證法、引證法）	△質疑辯難加深理解	辯證的論述	
三	記敘文	夾敘夾議	夾敘夾議的一般特點	△安排好段內的層次	
四	小說	①故事的情節、細節 ②人物形象分析	比較閱讀		
五	小說	①塑造人物的手段 ②人物的典型環境	速讀(一)	修改文章——調整結構	
六	文言文	斷句			
七	文言文	常見文言句式(一)			
八	文言文	常見文言虛詞用法(三)			
附錄	現代漢語詞語表 文言常用實詞表				

第四冊

單元	文體	教學要點	單元知識和訓練：閱讀	單元知識和訓練：寫作	單元知識和訓練：聽說
一	議論文	運用多種論證方法（類比法、喻證法、對比法等）	△精讀和略讀	多種論證方法	辯論
二	議論文	注意議論文的語言特點	查閱文獻資料	議論文的語言特點	
三	戲劇	戲劇的矛盾衝突和戲劇語言	△研究性閱讀		
四	詩歌	現代詩歌的閱讀	現代詩歌的閱讀	△修飾詞句	
五	小說	中國古代小說的特點	速讀(二)	修改文章——調整段內結構	
六	文言文	文言文的翻譯			
七	文言文	省略和倒裝			
八	文言文	學點古代文化常識			
附錄	現代漢語詞語表 文言常用實詞表				

第五冊

單元	文體	教學要點	單元知識和訓練：閱讀	單元知識和訓練：寫作	單元知識和訓練：聽說
一	議論文	思想評論和文學評論	專題閱讀	△表達方式的綜合運用，議論文的綜合訓練（評論）	
二	議論文	雜文的閱讀		議論文的綜合訓練（讀後感）	
三	應用文	應用文的語言特點和格式		應用文格式的運用	口頭報告
四	詩歌	古代詩歌的優秀傳統	古代詩歌的誦讀	改寫	
五	小說	小說的閱讀	△分辨口語和書面語的語體特點	修改文章——推敲詞句	
六	文言文	常見文言虛詞用法㈣ 文言常用固定結構			
七	文言文	文言複音虛詞			
附錄	現代漢語詞語表 文言常用實詞表 我國的現代文學				

第六冊

單元	文體	教學要點	單元基礎知識和訓練：閱讀	寫作	聽說
一	議論文	議論文的思路和結構特點	熟練閱讀議論文	擬議論文寫作提綱 寫議論文	即席講話
二	記敘文	記敘文多種表達方式的綜合運用	熟練閱讀記敘文	記敘文寫作的綜合訓練	
三	說明文	說明文的語言特色	熟練閱讀說明文	綜合運用幾種說明方法	
四	詩歌	古代詩歌的藝術欣賞	背誦	修改文章——綜合修改	
五	文言文	文言文中的修辭		修改文章——綜合修改	
六	文言文	文言文常見的文體及其特點			
附錄	現代漢語詞語表 文言常用實詞表 我國的古代文學				

❻《高級中學語文課外閱讀》，共六冊，人民教育出版社語文二室編，人民教育出版社出版，一九八九年二月第一版。

❼見《高級中學語文課外閱讀》第四冊，頁一—二。

⑧ 見《高級中學語文課本》目錄（一—六冊）：

第一冊

目錄

第一單元　議論文

第二單元　記敘文

第三單元　記敘文

第七單元 文言文

第八單元 文言文

附錄：

注：篇目前標有*的是自讀課文

第二册

目錄

第一單元　議論文

第二單元　記敍文

第三單元　記敍文

第四單元　說明文

第五單元　散　文

第六單元　文言文

第七單元　文言文

第三冊

目錄

第二單元 議論文

第三單元 記敘文

第四單元 小說

第五單元 小說

第六單元　文言文

第七單元　文言文

第八單元　文言文

注：篇目前標有*的是自讀課文

第四冊

目錄

第一單元　議論文

第二單元　議論文

第六單元　文言文

第七單元　文言文

第八單元　文言文

附錄：

注：篇目前標有*的是自讀課文

第五冊

目錄

第一單元　議論文

第二單元　議論文

第三單元 應用文

第四單元 詩歌

第五單元 小說

第六單元　文言文

第七單元　文言文

附錄：

注：篇目前標有*的是自讀課文

第六册

目錄

第一單元　議論文

第二單元　記敍文

第三單元　說明文

第四單元　詩　歌

第五單元　文言文

第六單元　文言文

附錄：

注：篇目前標有*的是自讀課文

⑨ 見第一冊，頁二九五—二九九。

⑩ 見第一冊，頁二九六。

「大陸地區中國古典文學研究」座談記錄

周彥文記錄

時間：中華民國六月二十三日　一四：〇〇～一七：〇〇

地點：淡江大學城區部四樓會議室

主題：海峽兩岸古典文學學術交流問題

主席：王熙元（師範大學中文系）

特約發言學者：王更生（師範大學中文系）

林明德（輔仁大學中文系）

林慶彰（中研院文哲研究所）

林聰明（東吳大學中文系）

周志文（淡江大學中文系）

唐翼明（文化大學中文系）

大陸學術界的研究趨勢

王更生：

本人曾經趁著回大陸探親之便，到過北京、濟南、鄭州、開封各地，所到之處，特別留心大陸各高校對文學或學術方面的研究，本人選擇四方面略抒見聞，以就教於在座的學者先進們：

一、專業研究與專業研究室：

㈠專業研究室的成立：在各高校中文系內成立各種專業研究室，如山東大學中文系的「文心雕龍研究室」、「建安文學研究室」、「兩宋詞研究室」。四川大學中文系的「比較文學研究室」、「中國古代文學理論研究室」，吉林長春師範學院中文系的「昭明文選研究室」等。

㈡專業研究室的組織成員：由長於該專業的教授領導，或一人，或二、三人不等，教授之下設副教授、講師、助教、研究生。而研究生之研究命題，就屬於各專業教授指導。

㈢專業研究教授的研究計劃：各專業研究教授可以提出研究計劃，送請政府研究機構之學術審議會評審，如通過評審，即可按計劃之時間長短，支撥研究經費。

㈣採購而來的資料處理：採購或搜集而來的資料屬公家所有，但專業研究之教授可留下使用，且不受時間長短之限制。

㈤專業研究成果之出版：研究成果之出版事宜，政府不負責，完全由教授負責接洽出版書局，目前學術性著作之出版相當不易，尤其古典學術的研究更是乏人問津。不過如果教授名氣很大，仍有可能出版。

㈥作品出版之稿費：大約每千字人民幣二〇元，一萬字兩百元，十萬字的作品才不過兩千元，合臺幣一萬元，待遇相當菲薄。

二、教師教學與學術研究：

㈠教師無課可排：中文系中充斥著很多老師無課可排的現象，尤其資深教師根本排不出課，除了指導研究生時，講授一門或二門的專業，與研究生論文題目內容有關的科目外，幾乎是不教課的，專門在研究室從事研究工作。

㈡教授待遇：一般平均在二三〇元左右，生活相當艱苦，不得已只好各謀生路，自己創滙。各系系主任便多方張羅，設法和商業或政府某機關掛鈎，替他們編寫通俗讀物，宣傳資料、年鑑、辭典等，換取報酬，貼補家用。所以有些教授的文稿，很希望在臺灣出版，達到改善生活的目的。

㈢教授住所：均由政府分配，其條件是按照教授的資歷深淺、專業研究的成果來分配宿舍的大小。

㈣教授升等：一般情形以先來後到、依序晉升的不成文規定，老教授不退，新人上不來，所以升等和人事的新陳代謝相當慢，尤其博碩士論文指導教授，其審查條件大致是根據年齡、年資、教學、研究的專業，著作的多寡來決定。

㈤教授調校問題：大陸各高校教授都是政府分配的，想調整工作或調動學校頗不容易，造成人員充斥、怨氣四塞的現象。

三、研究生的招收與論文撰寫：

㈠研究生入學考試：「英文」是共同科目，其他考試科目因各研究所專業性質不同，故招收學生均由各專業研究所之導師決定。各考生可以衡量個人的學習過程和研究志趣，選擇某一個導師的專業研究室報考，錄取名額概由各研究所導師決定。

㈡研究生應修學分：研究生入學以後很少上課，全部時間跟著導師投入研究工作，政府每月補助生活費，國內生一〇〇元，港澳生一五〇元以上，住校完全公費。

㈢研究生撰寫論文：和修業年限有關，一般情形碩士研究生以二年爲限，博士以三年爲限。如果在限期內無法完成時，學校准予先行畢業，論文後提。再經過口試答辯通過後，授予正式學位。

㈣研究生之就業：一由政府分發，往往分發到窮鄉僻壤，缺乏後續研究條件。二由學生自謀出路，則大多走向都市，或到高校任教，或創辦報紙、雜誌，搞文宣工作。

㈤博碩士論文長短：沒有一致，也沒有限制，各校要求也不相同，大致是碩士論文、一兩萬字即可，有的也有長達六、七萬字者，博士論文多以十萬字左右爲準。

四、交流的經驗與感想：

㈠大陸上的文學研究大多爲政治服務，我們在交流過程中，要保持適當警惕。

㈡文學研究大多是向錢看：因爲他們待遇差，所以不少的教授都希望自己的作品在臺灣出版，撈取外滙，改善生活。凡到大陸參加學術討論會的先生、女士們，大概都有這種拜託出版的經驗而最後有難以照辦的尷尬。

㈢文學研究大多向現代看：大陸上由於反傳統，反歷史，所以若干年來的研究均熱衷於近代、現代、當代文學以及鄉土文學、少數民族文學之研究。他們有計劃、有步驟，無論是量是質，我們都是散兵游勇，缺乏整合的力量，很難跟他們一較長短。

㈣文學研究大多走向通俗化：大陸上由於過去文化大革命，實行批孔揚秦，教授們怕誤蹈文網，於是他們的研究大多有走向民歌、戲曲、小說等通俗化作品的趨勢。我們在這方面雖然也很努力，但我們大多處於單打獨鬥的困境，很難和他們羣策羣力者相比。

㈤文學理論的研究大多向外看：大陸上的學術思想界四十年來均一面倒的向蘇聯學習，所以在思維形態和理論建構上，完全依據馬、恩、列、史的模式發展，我們這邊是學歐美，他們是學蘇聯。甚麼時候我們才能走出一個純中國的模式呢？這眞是我們當前兩岸交流的重要課題。

海峽兩岸學術交流的若干實際思考

林明德：

個人進出大陸二次，略抒一己之觀察於下：

所謂交流之「目的」乃是終極關懷所在。然而，交流之定義是彼此來往、雙向溝通的。目前交流的形式有會議、座談、訪問、資訊流通等。檢視海峽兩岸學術交流的困境大概不外：

大陸方面：對開會一頭熱，花樣多；廣泛邀請臺灣學者參加，然而開會註册卻要求繳二百元美金。臺灣學者開始疲於奔命，之後，興趣逐漸消沉；且大陸的學術研討會，參加的對象繁雜，包括黨政相關人員，形同政治大拜拜。比較起來，臺灣則學術獨立，逐漸走向精緻的路線。

當前海峽兩岸古典文學學術交流之趨勢，約略是：

㈠ 臺灣：

(1) 會議內涵：

會議主題的企劃相當講究，有長遠、多向的規劃。以臺灣目前的環境，固然學術人口有限，但顯然已經相當專門深化。從比較文學、古典文學一路開展，專著散論輩出，視野的遼濶、詮釋的靈活要多樣，均有許多學術成果呈現可以例證。

(2) 會議的外緣：

在住宿、交通上，給予邀請者非常大的權宜，論文發表、講評的待遇亦相當禮遇，至於專集的出版亦相當精美。

(二) **大陸：**

(1) 會議內涵：

主題設計往往配合地緣關係，如水滸傳會議在山東召開；紅樓夢在北京、南京兩地爭雄；李清照在山東；元好問在山西；晚清小說在上海，專著散論雖然輩出，但其水平卻良莠不齊，出版物也較爲粗糙。

(2) 會議的外緣：

大陸一場會議往往負有多重功能，有人曾指出：一切以賺外滙爲主，當然學術會議也不例外。對此，臺灣的學者應冷卻下來，想一想實質對等及學術熱忱之類的問題，不要一頭栽進對方不明確或曖昧的政策中。

(三) **交流的經驗例證：**

玆舉二例。首先，去年十二月央圖舉辦紀念元好問八百年誕辰學術研討會，大陸學者從報章知曉臺灣開會的訊息，主動投稿，但大多帶有意識形態，且較粗糙，所以，我們只能從

四、五篇中選取一篇發表。就此例而言，兩岸的學術交流仍爲單向。其次，在表演藝術上，上海崑劇，演藝精湛，唱腔身段亦佳，但礙於臺灣種種規定，無法來臺演出；有些瀕臨滅絕的傳統文化，臺灣在政策上是否可以通融。因爲精湛的技藝，對臺灣具有觀摩的作用。

最後提出三方面供參考：

㈠文格主導：學術尊嚴應把握住，寧缺毋濫，以專精出擊，建立臺灣的學格。

㈡開立研討會的典範，締造交流品質。

㈢在互動過程中，應該逐漸解構意識掛帥，淨化學術空間。個人之觀察，所謂學術交流之目的，或許應該爲此。

交流方式的省思

林　慶　彰：

有關這個問題，我根據所知，提出一些淺見：

一、交流的必要性：

海峽兩岸睽違四十年，就雙方古典文學的研究來說，都有值得對方參考借鏡的地方，如能建立較正常的交流管道，對促進雙方的了解，截長補短，進而提昇研究水平，確實有幫助。

二、現行交流的幾種方式：

就這兩三年間，兩岸古典文學學術交流的方式來說，約可歸納成幾點：

1. 在國外學術討論會上一起討論。
2. 受邀參加學術討論會或座談。
3. 合辦學術討論會或座談。
4. 拜訪他們的系所或學人。
5. 舉辦各種文學之旅。
6. 邀請大術學人寫稿或寫書。
7. 報導大陸學人的研究、編纂成果。
8. 研究資料的互相贈送交流。
9. 雙方研究成果的蒐藏流傳。
10. 邀請大陸學人來臺參加會議、討論等。

就上述十點，我們可以發現幾個問題：

1. 由於政府法令的不夠明確，赴大陸參加會議、討論等，都還未形成一明確的規範。
2. 大部份的交流活動，都發生在大陸地區，大陸的學者受種種限制，要到臺灣來，仍舊有相當困難。
3. 兩岸對對方的研究成果、代表人物，仍未能有較正確的資訊，影響交流的品質。

三、如何提昇交流水平：

1. 減低意識形態的影響：應把政治和學術分開，不要存有統戰的心理來作學術交流。新聞局的「文化反攻」，可以不必刻意去幫閒。

2. 修改相關法令：對這邊赴大陸的種種學術交流，應減少不必要的限制。對大陸學者來臺開會討論的不合理規定也應該修訂。

3. 健全大陸學術資訊：應將大陸古典文學研究的成果，編成目錄或索引，以作爲了解大陸古典文學的媒介。大陸古典文學研究學者也應編成名錄，作爲邀請交流的憑藉。

4. 開放大陸學術資料：進口的限制，應儘量減小。國內蒐藏有大陸資料的圖書館，應持更開放的態度，來服務讀者。

古典根在彼，花開不甚盛

林聰明：

由於前面幾位先生已經談到不少重點，本人只簡單將幾件與大陸學界接觸的心得向各位報告：

一、研究態度：

本人在四年前正式與大陸學者接觸，大體而言，他們的研究態度具有中國傳統讀書人之涵養。三年前，在北京參加一個會議，接觸更多大陸研究者，基本上也都不失學者風範。本人極感欣慰的是：研究中國古典文學傳統的讀書人的修養，應還保存在兩岸多數學者中。不過，由於政治環境的特殊，本人感覺大陸學者對於政治問題並非不感興趣，而是較有顧忌，不輕易與人談論，此點恐怕是我們所應特別注意的。

二、開會只印論文摘要：

到大陸開會，並不像在臺灣將會議論文全文印出，通常只印論文摘要，因此，最好將底稿帶去。至於論文發表之後，出版時間似乎比較慢；有些甚至三、五年未能出版。

三、交通問題：

大陸的沿海地區交通較方便，內陸則有困難。去年十月本人去甘肅敦煌參加敦煌學會議，經驗慘痛，經常有飛機停飛、機票半途被扨被調、火車一票難求之情形，許多人就誤了行程，此乃大陸交通運輸量原本不足之故。所以，要去大陸，先需辦妥機票、車票之事。

四、古典文學研究風氣：

大陸研究古典文學之人不算少，但比起研究社會科學者則相形為少，亦不如社會科學的受到重視。就我個人較專業的敦煌文學方面而言，研究者大約二百人左右，其中研究社會科學者佔大多數，研究古典文學者恐不及四分之一，研究者多集中在幾個地區，並非均勻的分散各地。

五、出版古典文學之機會：

大陸因為出版困難，學者的著作出版機會不多，數量也有限，尤其地方出版社的書，不易購買，僅賴香港地區供應，則有不足，有時必須透過各種特殊管道，才能找到所需的資料。以上是個人簡單的心得，提供各位參考，謝謝！

建立文學、文化的主導性

周志文：

以上諸位報告與本人意見大致相同，不另重複，本人僅略作補充：

一、大陸對文化的解釋不同，因此也影響到對古典文學之詮釋：

大陸對文化解釋中比較強調平民意識，如工、農、兵意識，因此在古典文學上更比較注重民間文學，這正是傳統文學比較忽略之處，中共在理論上認為傳統文學是從統治階級的軸線所發展出來的文學觀，他們是反對的，因此他們對民間的小說、戲曲、俗文學等，給予極高之評價。我們初期接觸大陸研究作品時，會覺得他們在古典文學選材標準上和我們有很大的不同，在文學史上，他們比較重視明、清之後的文學材料，對於近代、現代、當代的文學研究特別注重。當然，其中對文學材料的詮釋也與我們有相當的差異，這是長期隔閡所造成。

二、文學的本質與交流的目的：

長期以來，大陸上將文學、文化視爲工具，文藝的目的是表現社會主義的優越性，因此，文學是爲政治服務的，這一點和我們十分不同。臺灣十幾年以來，已邁入多元化社會，文學已不是爲任何主義或政治目的服務的，文學本身不但有其獨特生命，文學更可以主導文化的發展方向，而文化也多少主宰著未來政治發展的趨勢。也就是說：文化、文學已具有了相當的主導性。我們和大陸作文化交流，應該將這個趨勢帶到大陸，不但爲了建立文學、文化的主導地位，對大陸社會的多元發展也有貢獻，這是兩岸文學交流的目的。

三、三、四年以來兩岸互動的影響：

(一)大陸方面：

淡江大學曾在一九八九年五月四日、十一日和中國社會科學院、北京大學舉辦過五四學術討論會，此時正是北大學生運動風起雲湧之時，每個人民主自由的自覺意識極高，然而次年和雲南社科院在昆明共同舉辦民族文化討論會時，文革的政治恐懼又完全籠照在所有知識份子身上，可見大陸社會的不穩定的局面。然而大陸社會既經思想激盪，一般生活已有初期開放的現象，自由度亦增加許多，如中共雷厲風行地推行簡化字，但繁體字卻在各地出現，中共如何禁絕依然無效，顯示大陸已進入多元前夕的社會型態，某些方面是由於兩岸交流而受臺灣影響的。

㈡ 臺灣方面：

臺灣知識份子到大陸回來之後，亦帶來許多文化、文學上的衝擊，譬如「中國」的定義是什麼？「古典文學」的定義又是什麼？這些是以往不曾想過的問題，現在卻值得我們深思了。中國是不是包含了少數民族？如果包含了，那麼爲什麼傳統的中國文學史並不包含少數民族的文學作品？我們是不是也應該將以往不受重視的神話、戲曲、俗文學納入古典文學研究的範疇，以展開中國文學的視野？這些反省及思考，老實說，是受到大陸的刺激與影響，我們有理由在未來的交流中，彼此學習更多的東西。

主體意識的失落與回歸

——大陸地區中國古典文學研究四十年的回顧——

唐翼明：

劉再復論文學的主體性分爲創造主體、對象主體與接受主體，本人想借用其理論框架來說明中共四十年來古典文學研究的狀況：

大陸地區四十年來古典文學研究狀況可歸結爲一句話，就是主體意識失落與回歸的過程，大致而言，前三十年是主體意識逐漸失落以至於異化的過程，後十年則是主體意識慢慢甦醒、回歸的過程。

中共建國後，將知識份子視爲異己力量，採取所謂「團結、利用、改造」的政策，在古典文學研究中，提出所謂「古爲今用」、「推陳出新」，採取洗腦的辦法，一步步地取消研究者的主體意識，而代之以馬列主義、毛澤東思想教條。文化大革命中，研究者的殘留的任何主體意識，只要不同於毛的，都便無情地當作「封、資、修」、「四舊」加以驅除，古典文學研究變成徹頭徹尾的「代聖賢立言」——毛澤東。研究主體完全異化爲政治的奴婢與工具。

文革結束後，古典文學研究界也和其他學科一樣，開始對文革及前三十年的研究狀況進行反思，隨著反思的深入，及西方自由學術思想的影響，研究者的主體意識慢慢甦醒過來了，在一九八三～一九八八年間，大陸的古典文學研究成績繁榮，然一九八九六四天安門事件之後，研究者主體意識又被外力箝制，繁榮的古典文學研究又陷入相對的低潮，研究者主體意識喪失所導致的惡果，主要表現在幾方面：

㈠ 多數研究論文變成馬列毛某幾個觀點的詮釋，千篇一律，無獨創性。

㈡ 經常圍繞一些空洞的名詞、概念爭來爭去，如現實主義、浪漫主義、階級鬭爭等，實質的研究成果如鳳毛麟角。

㈢ 排拒現代意識，視西方學者的新學說、新方法爲異端，不介紹、不學習。

㈣ 馬列毛的正統觀點統治一切研究者思想，久而久之，使研究者根本喪失研究能力。

㈤ 許多研究走上歧路，後來者不得不首先面對清理灰塵的工作。

其次談對象主體的喪失：

毛澤東提出對古代的文學遺產要「批判地繼承」，古典文學研究遂成爲爲無產階級政治服務的工具，如文化大革命中，毛把《水滸》說成是投降主義的標本，而《紅樓夢》則是階級鬪爭的教科書，此時吾人看到的完全是一個虛幻的、揑造的研究對象，對象主體早已不存在，這類研究成果自然毫無價値可言。由於對象主體喪失所造成的惡果，其要者如：

㈠ 某些作品變成熱門，某些作品則被打入冷宮，如漢賦、六朝詩、駢文、《金瓶梅》，在前三十年古典文學研究中，幾乎沒人敢碰。

㈡ 在研究中，往往只注重所謂的思想性，而不注意藝術性。

㈢ 大中學校教科書依此標準選材，結果是貽害青年。

㈣ 爲了政治需要，或迎合毛的愛好，扭曲古代作品眞貌，有時甚至不惜有意曲解以遷就某一「正確觀點」。

一九七九年以後，隨著大陸古典文學研究者主體意識的甦醒，對象主體也逐漸從迷失的道路上復歸，上述現象也漸成歷史。爲政治而避開或扭曲對象的現象，雖不敢說已經消失，但至少是不多見了。

由以上簡略的回顧與分析，不難得出如下結論：即進一步擺脫政治與意識形態的束縛，徹底解放思想，保證學術自由，促使主體意識的全面的與完全的回歸，乃是大陸古典文學研究領域最根本的任務。我相信大陸古典文學研究的主體意識將全面回歸，而一旦此點實現，大陸古典文學研究的更大繁榮是可期待的。

綜合討論

㈠ **鄭向恒教授：**

交流的目的是中國兩岸的統一，統一則必須加強兩岸的文化交流，建議海基會是否可辦一個專門研究大陸文學的基金會？臺灣文學研究方面太廣泛，細部研究太缺乏，小說戲曲之研究不夠，此均應加強研究質量。

㈡ **李光筠教授：**

如何落實兩岸交流乃是我們最終目的，建議古典文學研究會能推動學術法令的修正，具體規定一些事項，達到眞正菁英之交流，同時將雙方不具意識形態的出版品加以介紹交流。

㈢ **劉先生：**

大陸與臺灣意識形態均非常堅強，大陸是文以載意識形態，臺灣是文以載道——中國文化，建議雙方意識形態能加以折衷，以求中庸之道。

㈣ **何偉康教授：**

研究文學與文化的人，應在道與意識形態之外，尋求第三空間——古典文學的原型。希望新一代菁英能還原中國文學的根本，以新的研究方法去發現中國古典文學永恆之精神。

總　結

主席王熙元教授：

就目前而言，兩岸古典文學交流所存在的一些問題大致可歸納為三個障礙：

㈠意識形態的差距。

㈡兩岸生活水平的差距。

㈢兩岸的制度、學術會議水平的差距。

統一的過程有許多困難要一一克服，如何拉近雙方的意識形態之差距，還原中國文學之精神，相信不管是在大陸、臺灣、香港，以及海外，中國文學的心靈是相同的，如何恢復中國文學的主體性、獨立性，兩岸學者希望能站在自己獨立的主體上尋求學術的生命，本場座談會到此為止。謝謝各位！

國立中央圖書館出版品預行編目資料

大陸地區中國古典文學研究/中國古典文學研究會主編.
--初版.--臺北市：臺灣學生，民80
面；　分.
ISBN 957-15-0281-2 (精裝). --ISBN 957-15-0282-0 (平裝)

1. 中國文學-論文，講詞等

820.7　　80003398

大陸地區中國古典文學研究（全一冊）

主編者：中國古典文學研究會
出版者：臺灣學生書局
發行人：丁文治
發行所：臺灣學生書局
台北市和平東路一段一九八號
郵政劃撥帳號〇〇〇二四六六八號
電話：三六三四一五六
FAX：三六三六三三四
本書局登記證字號：行政院新聞局局版臺業字第一一〇〇號
印刷所：淵明印刷廠
地址：永和市成功路一段43巷五號
電話：九二八七一四五
香港總經銷：藝文圖書公司
地址：九龍偉業街九十九號連順大厦五字樓及七字樓
電話：七九五九五九五

定價 精裝新臺幣二三〇元 平裝新臺幣一七〇元

中華民國八十年十月初版

82022

ISBN 957-15-0281-2 (精裝)
ISBN 957-15-0282-0 (平裝)